光文社文庫

長編推理小説

飯田線・愛と殺人と

西村京太郎

KOBUNSHA

光　文　社

目次

第一章　友人の死

1

警視庁捜査一課の北条《ほうじよう》早苗《さなえ》刑事は今年二十八歳になる。まだ独身である。

大学の同窓生の半分くらいは、すでに結婚しているが、仲の良かった同窓生の一人が、早苗と同じように、独身生活を送っていた。

その野田《のだ》花世《はなよ》と久し振りに新宿のカフェで会った。彼女は、東京駅八重洲口《やえすぐち》にある旅行会社勤めで仕事は新しい旅行プランの設計である。

「今、どんな旅行プランを作っているの？」

と、早苗が聞くと、

「今作っているのは、飯田線を使った三泊四日の旅。これがとても面白いのよ」

という。

「飯田線なら、私も一度だけ乗った事があったけどやたらに駅がいっぱいあったわ。それに、特急列車が途中までしか行かなくて。あれで、どんな面白い旅行プランが出来るの？」

「それは、これからの勉強次第なんだけど、私が飯田線の資料を見て、面白いなと思う事が幾つかあったの。一つは歴史がある事。戦国時代の織田信長・徳川家康と武田勝頼《かつより》との戦い。その主戦場になった長篠《ながしの》が沿線にあって、本長篠や長篠城という駅もあるのよ。それから今、早苗がいったように駅はたくさんあるんだけど、特急列車が終点まで行かなくて途中までしか行かない事。それだって、早苗は不便そうにいったけど、鉄道マニアにとっては、面白い路線という事になるのよ」

といった。

「でも、温泉が無かったんじゃないかしら」

「いいえ。一つだけ、温泉の名前が付いた駅がある。それももちろん、旅行プランに組み入れるつもり」

そういって、花世はバッグから畳んだ地図を取り出して、テーブルに広げた。そして熱心に喋《しゃべ》る。

「飯田線は、豊橋《とよはし》から辰野《たつの》まで、距離一九五・七キロ。そこに九十四の駅があるの。その駅のほとんどが無人駅」

まるで早苗が旅行プランの相談相手のように喋る。何だか嬉しそうだ。

「無人駅をどうやって売り込むの?」

早苗が聞いた。花世があまりにも嬉しそうに喋るので、少しばかり意地悪な質問をしてみたくなったのだ。

「昔だったら、無人駅は足手まといだったけど、今は無人駅だけを旅するようなプランが売れるの。それに、飯田線の無人駅はどの駅もひとクセある駅なのよ。駅舎の恰好《かっこう》が面白かったり、駅の名前が難しい難読駅。これだって人気になるわ。クイズで、その難読駅の名前を当てさせて、点数をあげる。そんな事だって、今の世の中では面白いんだから」

と、花世は続けて、

「それに飯田線は、天竜《てんりゅう》川に沿って走っているから、二カ所で天竜下りを楽しめるのよ」

「それならよく知ってる。親戚の子が、天竜下りを楽しんで来たといってたから」

「川と鉄橋といえば、S字カーブだって。それも、旅行の楽しみに入れておこうと思っているの」

「S字カーブって、どんな?」

「飯田線の、永久に対岸に渡れない鉄橋」

「よくわからないんだけど」

「ここを見て」

花世は飯田線の真ん中辺りを指差した。

「地図だとよくわからないけど、水窪《みさくぼ》川が流れていて、こちら側の岸から反対側の岸までとどく鉄橋を造ったの。ところが、何故か向こう側に着かないで、こちら側に戻っている。それが飯田線の永久に対岸に着かないS字カーブ」

「それ、どんな具合になっているの？」

「私も、聞いて知ったんだけど、最初、水窪川の川岸に沿ってトンネルを通そうとしたの。だけど、地盤が悪くて、掘っていたトンネルが崩れそうになったから、慌《あわ》ててまたこちら側に、鉄橋を持って来た。結局、対岸に渡らなかった鉄橋。面白いでしょう？」

「聞いていると面白いみたいだけど、実際に乗ってみないとわかんないわね」

これもちょっと意地悪く、早苗がいった。それでも花世は、終始にこにこしながら飯田線の素晴らしさを一つ一つ、挙げていった。

早苗が根負けして、

「私もいつか、乗ってみたい」

というと、花世は勝ち誇った顔になって、メモ用紙に「飯田線の素晴らしさ」と見出しを書き、一つ一つ丁寧に書きこんでいった。

「飯田線は、豊橋から出ているんだけど、豊橋から小坂井《こざかい》までの線路がまず、面白い。飯田線は、JRなのに、この二駅間は、名鉄（名古屋鉄道）のレールを借りているのよ。私鉄がJRの線を借りる事は多いけど、私鉄の線路をJRが借りているのは珍しい。これもナゾナゾみたいにして、乗客の皆さんに当ててもらおうと思っている。賞品は飯田線の車両のおもちゃ」

といった。

「第二に面白いのが、豊川駅を出てすぐが、三河一宮《みかわいちのみや》という駅なんだけど、この駅には流鏑馬《やぶさめ》で有名な、砥鹿《とが》神社があるの」

「流鏑馬なら、京都や鎌倉で、見た事があるわ」

「問題はね、この神社に、誰が祀《まつ》られていたかという事なの」

「でも、神様でしょ」

「もちろん、それは、当たり前」

「それなら別に、おかしくないじゃないの」

「その祭神がね、オオナムチノミコト」

「そんな神様知らないわ」

「別の名前は大国主命《おおくにぬしのみこと》」

「それなら知ってる。でもそれ、別に不思議じゃないでしょ。出雲《いずも》大社《たいしゃ》だってあるんだから」

「よく考えると不思議なのよ。なぜなら出雲大社は島根県にあるでしょ。それなのに、どうして三河の国に祀られているのか。だって出雲の国からは、直線距離で四百五十キロ近くもはなれた所に、大国主命を祀った神社があるのよ。日本神話を考えれば、これがどんなに不思議な事か、わかるはず」

という。

「説明してよ。わからないから」

「古事記や日本書紀には、出雲の神様が大和の神様に国譲りをした事が書いてある」

「それは知ってる」

「それならどうして、こんな所に出雲の大国主命を祀る神社があるのか。国譲りをしたんだから、この辺りは、大和朝廷の領土の筈《はず》だから」

「それは、そうだけど」

「つまり、国譲りは嘘で、出雲の大国主命は国譲りをしないで大和朝廷と戦ったんじゃないか。戦いながら、出雲から三河の地まで逃げて来た。たぶんこの辺りで死んで、土地の人々が、その死をいたんで大国主命を祀ったのが、この三河の国の砥鹿神社じゃないのか。そういう推測も出来るから、面白いのよ」

と、花世は熱心に喋っている。

確かに、面白いかもしれないが、捜査一課の刑事である早苗には、さほど、ピンと来なかった。それでも花世は、熱心だった。

「もう一つ、小和田《こわだ》という駅があるの。これも無人駅で、一時お客が急に増えた事があるの。知ってる？」

「何となく聞いた様な気がするな。ああ、わかった。小和田駅の名前でしょ。当時の皇太子と雅子《まさこ》さまの結婚で有名になったんでしょ。確か、ご成婚前の雅子さまが小和田《おわだ》という苗字だったから」

「そうなの。それで有名になってしまった駅なんだけど、今は静かなものよ。無人駅だけど、秘境駅といった方がいいかもしれない。それでも、縁結びを願って小和田で降りる人もいるらしい。だから、それも飯田線三泊四日プランの一つに入れておこうと思ってるの。あなたもまだ、独身でしょう。一回、小和田駅に行ってみるといいわ」

花世は笑いながらいった。

この後も、花世は延々、飯田線の良さを喋って、なかなか終わりそうになかった。

そこで、早苗は、近くのレストランで夕食を一緒にする事にした。あまりにも、花世のお喋りが熱心で、いかに飯田線の旅行プランの仕事にかけていて、それを、楽しんでいるか、わかったからである。降参したのだ。

同じ新宿のイタリア料理店で、食事をしながらも、食事の合間合間に花世は飯田線についての話を、止《や》めようとしなかった。そのうちに、飯田線の話がリニアの話になり、飯田線のどの辺りでリニアに乗れるのか、どこに駅が造られるのか、それが今の飯田線の人たちの最大関心事だと、そんな事まで話し出した。

「でも、リニアは、あなたの飯田線旅行プランとは関係無いでしょ？　まだ、先のことだから」

早苗の方も、最後まで、小さな意地悪をいっていた。

それでも花世はにこにこして、

「私の飯田線旅行プランが採用されたら、真っ先に早苗に招待状を送るわ」

と、いった。

二日後。

早苗は大学時代に三人組と呼ばれていたもう一人の親友大河内《おおこうち》リエに会った。同じ二十八歳だが、こちらは結婚して子供も一人いる。

リエと新宿のカフェで会うと、早苗がいうより先に、

「花世に飯田線の旅行プランの話、聞かされたんじゃないの？」

「そうなの。あなたも聞かされたの？」

「延々と聞かされたわ」

「あんなに嬉しそうな花世を見たのは、久し振りだけど、そんなに嬉しいのかしら？」

「なんでも、旅行会社に入ってから、一人で新しい旅行プランを委《まか》されたのは、今回が初めてなんですって。これが成功したら、新幹線を使った日本一周の旅行プランを委されるらしいわ。それで、やたら張り切っているのよ」

と、リエがいった。

「それにしても、熱心すぎるわ。だから、ちょっと皮肉をいってあげたんだけど、全然感じないみたい。昔から自分勝手な所があるけど、少しばかり異常だわ」

「今いった通り、新しい旅行プランを立てるように、いわれたんだから、張り切っているのは当たり前だと思う。ひょっとすると彼女、結婚をあきらめて、仕事一途《いちず》にやろうと決めたのかもしれないわ」

「そういえば、結婚の話は、一度もしなかったわ」

と、早苗がいった。

「そうでしょ。たぶん、結婚から、女一人の立身出世に方向を変えたんだわ」

と、リエが笑った。そのあと、

「ところで、早苗は結婚話無いの？」

リエが聞いた。

「別に、早くしたいとも思わないけど」

「それなら、良い人がいたなら結婚するつもり？」

と、聞く。

「そうね。結婚してもいいとは思ってる」

「よかったら、主人のお友達を紹介してあげるわ。一流会社なのに、なぜか、結婚してない独身の三十代が、いっぱいいるんですって」

野田花世の話が、いつの間にかそんな話に変わっていった。

花世の飯田線のプランが、うまくいったら、三人で、お祝いをしようと約束して、立ち上がった時、早苗の携帯が鳴った。

ボタンを押して、耳に当てる。

「今、どこだ？」

と、三上《みかみ》刑事部長の声が聞こえる。

「新宿西口です」

「それなら、すぐ京王線に乗って調布《ちょうふ》へ行ってくれ。調布のマンションで殺人があった。駅近くのマンション、『コーポニュー調布』だ」

「わかりました」

と、早苗はいい、急に仕事の世界に戻されたような気分で、リエと別れた。

京王線の急行で、現場である調布に向かう。調布で降りると、駅前に、若い日下《くさか》刑事が待っていた。

「警部と亀《かめ》さんは、すでに、現場に向かっている。急ごう」

調布駅から歩いて、というよりも、走って十二、三分。マンションが立ち並ぶ一画だった。早足で歩きながら、日下刑事が、

「どうしたんだ。顔色が悪いぞ」

といった。

「思い出したの。この辺に、大学時代の同窓生が住んでいたはず。確か、『コーポニュー調布』だった」

「事件が起きたのはその十階の角部屋だよ。殺人で、被害者は、二十代後半ぐらいの女性だ」

日下刑事が説明する。

さらに、早苗の顔色が、悪くなっていった。

「被害者の名前、わかる？」

「いや、まだ確認できてないけど、独身の女性のようだ」

と、日下はいった。

現場に着く。ベテランの亀井《かめい》刑事や、十津川《とつがわ》警部は、すでに十階に上がっていた。

二人も十階に上がる。非常階段のすぐ近くに部屋があり、「1001」だった。

(間違いない)

と、早苗は思った。ここは花世の部屋なのだ。一回しか行った事はないが、忘れてはいない。気が重くなったが、反対に早苗は廊下を走った。

開けっぱなしになっているドアから中に入る。2DKの部屋である。現場を照らすライトが眩《まぶ》しかった。

「北条刑事、到着しました」

と、十津川警部に声を掛ける。

「とにかく見てくれ。君と同い年ぐらいの女性だ」

「その被害者、たぶん私の知り合いです」

と、早苗がいった。

六畳の洋室。小さな応接セットが並んでいる。ソファーの近くの床に敷かれた絨毯《じゅうたん》。その上に、被害者がうつ伏せに倒れていた。パジャマ姿である。白いパジャマの背中から腹にかけて、血で赤く染まっていた。

「君の知り合いかどうか、見てくれ」

と、十津川が死体を仰向けにした。

一瞬、早苗は目を閉じた。

(間違いない)

と、自分にいい聞かせた。殺されたのは、野田花世なのだ。

「間違いありません。私の大学の同窓生、野田花世です」

早苗がいった。

「背中を三カ所鋭利な刃物で刺されている。死亡したのは昨夜遅くだと思われる」

日下刑事が説明してくれる。

「君の知り合い、大学の同窓生というのは間違いないんだね?」

と、亀井刑事が聞いた。

「間違いありません」

「犯人に心当たりはあるか？」

「全くありません」

「最近、会っているのか」

「二日前に会いました」

「その時、どんな話をしたんだ？」

「彼女、旅行会社に勤めているんですが、今度、飯田線を使った三泊四日の旅行プランを、作るようにいわれて、張り切っていたんです。本当に、嬉しそうに、仕事をやっていました。ですから、なぜ殺されてしまったのか、全くわかりません」

「このマンションに来た事があるのか？」

「一度だけ来ています。今から、二カ月ほど前だったと、思います」

「その時は、どうだったんだ」

「普通でした。二日前久しぶりに会った時はやたらに張り切っていて、嬉しそうでした。旅行プラン作りを委されたことが、楽しくて仕方がない感じでした」

「日下刑事と一緒に部屋の中を調べてくれ。犯人が荒らした様な形跡があるかどうか」

十津川がいった。

野田花世の遺体が、司法解剖の為に運び出された後、早苗たちは、２ＤＫの部屋を、隅から隅まで、調べた。

犯人が、部屋の中を探し回った形跡があった。バッグや帽子が棚から落ちかけていたし、小さな本箱の本が、上下逆さになっていたりしたからである。

「預金通帳の入った手提げ金庫を発見しました。預金高は、千五百万円」

日下刑事が報告する。

「大金に手をつけていないとすると、金目当てに犯人は家探《やさが》しをした訳じゃないんだ」

「しかし、何を探したのか、判然としませんね」

亀井刑事が、舌打ちをしている。

「パソコンがありません。携帯も、ありません」

と、早苗が、いった。

「被害者は、パソコンを持っていたのかね？」

「彼女が旅行会社に就職した時、大学の仲良しで彼女にパソコンをプレゼントしたんです。それがありません。携帯もです」

と、早苗が繰り返した。

「パソコンと携帯を奪う為に、部屋の中を探したのかな？」

日下刑事が、小声で早苗にいった。

「だとすると理由は何かしら？」

「たぶん、パソコンと携帯に、犯人の名前を入れていたんだ。だから、本人を殺した後、パソコンと携帯を探して、持ち出した」

「私も、友だちの名前を、携帯に入れてあるわ」

と、早苗がいった。

部屋全体を調べたが、それ以外に失くなったものがあるかはわからなかった。

刑事の一人が管理人を連れて来て、亀井刑事が話を聞く事にした。六十代の管理人である。このマンションは、管理人と契約していて朝八時から夕方五時までの勤務だという。したがって、被害者が刺されたと思われる夜間には、管理人はいなかったのだ。

「被害者の野田花世さんは、いつからこのマンションに住んでいるんですか？」

と、亀井刑事が聞く。

「二年前からです」

と、管理人が緊張した顔で答える。

「被害者が大手の旅行会社に勤務していた事は、知っていましたか？」

「知っていました。野田さんに、旅行の案内をしてもらった事がありますから」

「どんな人が、この部屋に訪ねて来ていましたか？　その中に親しそうな男、あるいは女はいましたか？」

と、続けて亀井が聞いた。

「時たま、お客さんはいましたが、特定の人はいなかった気がします。といっても、夜間は私はここに来ていませんから、わかりません」

と、管理人が、いった。

「被害者が、他の部屋の住人とトラブルになった事はありますか？」

「私の知る限り、ありません」

管理人が答える。

「被害者は管理人さんとは親しかったですか？」

と、早苗が聞いた。

「普通ですよ、別に。あ、旅行会社にお勤めの関係で、仕事で地方に行ったりすると、お土産をくださる事もありました」

「北条刑事、これから、東京八重洲口の、被害者が勤めていた旅行会社へ行くぞ」

と、亀井刑事が声を掛けてきた。

二人で、パトカーで、東京駅に急ぐ。その途中でも早苗は、

「わからない」

と繰り返していた。あんなに張り切っていた、楽しそうにしていた花世が突然死ぬなんて、早苗には想像も、出来なかったのだ。

八重洲口の「ジャパントラベル」という、大手の旅行会社に行き、上司に話を聞いた。

「私も、ただただ驚いているところです」

と、四十代の上司がいった。

「野田さんは、飯田線を使った新しい旅行プランを考えていたというんですが、これは本当ですか？」

と、早苗が聞いた。

「本当ですよ。すでに野田さんもベテランになりましたから。一人で飯田線を使った旅行プランを作るように、指示していたんです」

「その、旅行プランは、出来上がっていたんですか？」

「ええ、出来上がったばかりです。これが、そのポスターです」

上司は、前に置いてあったポスターを、広げて、刑事に見せた。飯田線三泊四日の旅の、広告だった。

早苗たちは、店長室で、話を聞いているのだが、それでも東京駅の喧騒《けんそう》が、聞こえてくる。活気のある旅行会社である。

「その旅行プランは、どんな具合だったんですか？　成功しそうな感じですか？」

「何といっても、彼女が、初めて一人で作った旅行プランですが、なかなか、上手《うま》く作ってあって、私はこれなら、成功すると思っていました」

と、上司が、いった。

「二日前に、彼女に会ったんですが、やたらに張り切っていました。飯田線を使った旅行プランを作るのが、本当に、楽しそうでした。その彼女が、突然殺されてしまった。何か、心当たりは、ありますか？」

早苗が、上司に、聞いた。

「全くありません。刑事さんも、いわれたように、彼女は張り切っていたんですよ。嬉しそうにやっていました。だから、殺されるなんて、全く、考えていませんでした」

「彼女目当てに、ここを訪ねて来る、若い男性は、いましたか」

と、亀井が聞いた。

「彼女は美人で、明るくて、顧客の一人一人に丁寧に、応対していましたから、彼女目当てにやってくるお客もいましたよ」

「その中には、危険な人も、いたんじゃありませんか？」

「そういう事は、わかりません。そういう人がいたとしても、彼女なら、上手くあしらっていたと、思いますが」

と、上司がいう。

「彼女、二十八歳で、独身なんですが、最近、彼が出来たという話を聞いたことはありませんか？」

「そういうことはわかりませんが、彼はいなかったと思いますね。何しろ、飯田線を使った旅行プランに、没頭していましたから」

「彼と思われる男性が、会社に訪ねてきたということは、ありませんか？」

「それも、私が見る限り、ありませんね。何回も、繰り返しますが、彼女は、彼氏よりも旅行プランの方に、夢中でしたから」

と、上司が、答えた。

二人の刑事は、花世の同僚にも聞いてみた。しかし、答えは、上司と同じだった。

「彼らしい男性が、ここに花世を訪ねて来たかどうか、わからない。が、そういう事は無かったと思う」というのが返事だった。

花世は社内でも、自分のパソコンも、使っていたというし、携帯も持っていた。とすれば、やはり、犯人は現場のマンションから、パソコンと、携帯を持ち去ったという事になってくる。

「となると、犯人は彼女の知り合いの可能性が強いな」

と、亀井刑事が断定して、

「物盗りの犯行なら、通帳をのこしてわざわざパソコンや携帯は奪ったりしないだろう」

2

第一回の捜査会議では、被害者野田花世のマンションが荒らされ、パソコンと携帯が盗まれている事が、重要視された。

犯人が、被害者の知り合いである可能性が大きくなるからである。もう一つの注目点は、彼女が作り上げたばかりの、飯田線を使った三泊四日の旅行プランのポスターである。

今、眼の前にあるポスターは、旅行会社から借りて来た物である。ポスターには、花世が早苗に自慢した飯田線の景色や、歴史、人情そして、南アルプスの景観が、描かれていた。

早苗は、三上刑事部長の質問に答えて、

「このポスターにあるのは、『飯田線三泊四日の素晴らしい旅』のプランに含まれる魅力的なもので、全て彼女が、私に話してくれた事ばかりです」

「という事はだね」

と、三上がいう。

「彼女が一人で作り上げた、飯田線三泊四日の旅、その旅行プランのせいで、彼女は殺されたという事は、まず、考えられないね」

といった。

「考えられません。この旅行プランで誰かが、損害を被《こうむ》る事は無い、と思います」

早苗はいった。

北条早苗刑事は同僚の日下刑事と、飯田線に、乗ってみる事にした。何か、事件の参考になる物が見つかるかもしれないと思ったのだ。

まず始発の豊橋駅。

ここから飯田行の特急列車に乗った。豊橋から小坂井まで、JRの線路ではなくて名古屋鉄道のレールを走る。

「これについても、彼女は面白いといっていた。私たちにはわからないけれど。鉄道マニアには面白いらしいわ」

と、早苗がいった。

「しかし、この事が、殺人の動機になったとは思えないね。誰も損はしないんだから」

日下があっさり断定した。

「確かに、この事が今回の殺人と関係あるとは思えないけど、彼女は嬉しそうだった。こういう事も、鉄道マニアには嬉しいんですって」

と、早苗はいった。

豊川からは、単線になる。

「単線なのに、電化されてるというのは珍しいね」

と、日下がいった。

「それから、三河一宮駅にある砥鹿神社も珍しいんですって。祭神が大国主命だから。大国主命がここに祀られているという事は、古事記や日本書紀で、出雲の国が、天照《あまてらす》に国譲りをしたというのは間違いで、国譲りなどせず、戦争をして、ここまで逃げて来た。その証拠じゃないかと、彼女は、嬉しそうにいっていたわ。神話が好きな人には、面白い話なんですって」

「殺された野田花世は、この飯田線に元々関係がある人なのかな。例えば、彼女の親戚が、この飯田線のどこかに、住んでるとか」

と、日下が聞いた。

「それ、あるかもしれないわ。それと関係ないけどこの飯田線には『飯』という字の付く駅がふたつもあるんですって。『飯田駅』と『飯島駅《いいじま》』よ。それだけ、この辺りに住んでいた人たちは、食べ物に困っていたんじゃないか、お米があまり取れない事で、苦労していたんだと思う。そんな話も彼女がしていたわ」

「なるほどね。飯田駅に、飯島駅か」

「飯島駅の方を、彼女、嬉しそうに話していた」

「しかし、飯田駅の方が、はるかに大きな駅で、大きな町なんじゃないのか？」

「その通り。この特急列車も、飯田駅が終点で、そこから引き返す事になってるから。それだけ大きな駅だと思う。でも、飯島駅の方を楽しそうに話していたのも事実。だから、個人的には、彼女、飯島駅の方が好きだったような気がする」

「その理由も、後で調べてみたいね」

と、日下が、いった。

花世の作ったポスターには、「難読駅クイズ」の文字も入っている。

飯田線には、読みにくい駅名が多い。それを読めた人には、一駅について二点の点数が与えられ、六点でお茶、十点でりんごが、沿線の農家から、賞品として貰《もら》えるというクイズである。
二人の乗った特急は、途中の飯田どまりだが、そこまでも、難読駅は多い。
早苗は、調べてきた難読駅を、あげていった。

下地　しもじ
牛久保　うしくぼ
東上　とうじょう
新城　しんしろ
茶臼山　ちゃうすやま
大海　おおみ
柿平　かきだいら
池場　いけば
東栄　とうえい
出馬　いずんま
相月　あいづき
城西　しろにし

水窪　みさくぼ
大嵐　おおぞれ
中井侍　なかいさむらい
鶯巣　うぐす
為栗　してぐり
温田　ぬくた
田本　たもと
唐笠　からかさ
金野　きんの
時又　ときまた
駄科　だしな
毛賀　けが
下山村　しもやまむら
鼎　かなえ
切石　きりいし

そして、特急の終点、飯田駅である。

「ずいぶん、難読駅があるわ」

と、早苗が、いった。

「何だか、嬉しそうだな」

と、日下。

「結構面白い。こんなに並ぶと楽しいわ」

「殺された被害者も、楽しかったのかな？」

「私には、楽しそうに、駅名を並べてたわ」

と、早苗はいった。

「難読駅は、飯田の先にもあるんだろう？」

「もちろん。あるわ」

早苗は、メモを見て、続く駅名をあげていった。

伊那上郷　いなかみさと

下市田　しもいちだ

下平　しもだいら

高遠原　たかとおばら
田切　たぎり
小町屋　こまちや
大田切　おおたぎり
沢渡　さわんど
北殿　きたとの
羽場　はば

そして、飯田線の終点、「辰野」である。

「彼女、かなりモテたんじゃないのかな。なかなか美人だから」

と、日下が、車窓を流れる景色を見ながらいった。

「確かに、モテたわ。大学時代には、先輩の彼がいたし」

「そうすると、この飯田線沿線に彼がいたんじゃないのかね。だから嬉しそうだった。楽しげに旅行プランを作っていた。ひょっとすると、その彼の事で、もめたのかも知れない。彼と喧嘩《けんか》になったか、あるいは二人の間に若い女性が入ってきて関係がおかしくなって殺されてしまった。こんな事だって考えられるじゃないか」

「でも、今のところ男のかげは見えて来ないわ」

と、早苗がいった。

「一つ、疑問があるんだ」

と、日下は相変わらず、窓の外の景色を見ながらいった。

「どんな疑問？」

「なぜ、被害者は東京の自宅マンションで殺されたか、という事なんだ。この飯田線に関係があるとすれば、飯田線の中か、あるいはこの沿線で殺されていなければおかしいと思っているんだ。犯人は、どうして、この飯田線の中か、あるいは沿線で殺さないで、東京の自宅マンションで、殺したんだろう？」

「その理由は、色々と考えられるわ」

「どんな理由？」

「彼女は、飯田線の事があって殺されたんだけど、犯人がそれを知られたくなくて、わざわざ、東京の自宅マンションで殺した。そういう事も考えられるんじゃないの」

と、早苗はいった。彼女自身も今のところ花世が殺された理由がわからないのだ。

あんなに、飯田線を使った旅行プラン作りに張り切っていたから、飯田線絡みで殺されたのではないかとも考えたのだが、日下のいうように、なぜ東京の自宅マンションで殺されたのかの疑問が残る。

飯田駅に着いた。飯田線の中で一番大きな駅である。豊橋以外で、一番人口の多い町である。

特急はここが終点で、ここから先は普通列車である。二人は、普通列車に乗り換えて、飯田線の終点、辰野駅に向かった。これから先は、三十四の駅がある。ほとんどは、無人駅だった。

辰野で降りると、今度は、普通列車で豊橋に戻る事にした。

「営業距離一九五・七キロで、駅が九十四か。確かに駅がやたらに多いね」

日下が感心したように続けて、

「被害者はどんな風に考えて飯田線の旅行プランを作ったか、気になるね。ひょっとすると、この旅行プランを作った過程に殺人の動機があるかもしれないからね」

走っている列車の窓の外の景色を日下がカメラに収め、駅に止まると、その駅を早苗がカメラに収めた。もちろん車内の様子も、である。

今のところ、どこに、殺人の動機が隠されているのかわからなかったからである。

羽場、北殿、沢渡と難読駅が続く。

「駅名をどう読むか。なかなか楽しいね」

と、日下がいった。

「同じ事を彼女もいっていたわ。それで、ポスターに難読駅クイズを載せていたんだと思う」

「でも、難読駅が殺人の動機とは、思えないね」

と日下がいった。

「それにしても」

止まる度に日下がいうのだ。

「駅の形が、どこも小さくても、ユニークだな。やたらに面白い形の駅がある」

といった。

確かに、駅名もユニークだが、形もユニークな駅が多かった。また周囲の自然から切り離されて、孤独な感じの駅もあった。

降りても、どこにも行けそうにない、絶壁に作られた駅もある。それでもこんな駅は逆に、鉄道マニアたちは秘境駅として、楽しんでいるらしい。

「確かに、どの駅もユニークで鉄道マニアが楽しめそうな駅ばかりだね」

感心したように、日下がいった。

それでも、警視庁刑事の二人は、駅の面白さが殺人の動機になるのかどうかを考えていた。

「まず、考えられないね。秘境駅で降りて死んだ人がいれば別だが」

と、日下がいった。

「その事も調べてみましょうよ。どんな事だって殺人の動機になり得るんだから」

と早苗がいった。

二人は途中の飯田に着くと、ＪＲ東海の飯田支店に行き最近、飯田線で事故があったかどうかも聞いてみた。

特に、三泊四日の飯田線旅行プランが生まれてから、事故や反対意見などが出て来なかったかをである。広報担当者はにっこりして、

「ありがたい事に、ここのところ事故は一件も起きていません。三泊四日という長い旅行プランに対して、反対意見がなかったか、ということですか。なるほど、何しろ無人駅ばかりの路線ですからね。でも、さいわい、反対意見は、ほとんど聞こえません。きっと、考えた野田花世さんの、飯田線を愛する気持が、この旅行プランに出ているからだと思います。おかげで乗客も増えています」

と、担当者は、本当に嬉しそうだ。

「反対意見が、まったく無いわけじゃないでしょう？」

と、日下が、続けて、聞いた。

「どんな旅行プランにも、反対意見はあるものです。今回の飯田線三泊四日の旅行プランにも、反対意見はありました。が、気にしなくてもいい程度のものです」

「ポスターに、難読駅クイズが載っていましたが、反応はどうですか？」

これは、早苗が、聞いた。

担当者は、ニッコリして、

「これが、大変、好評なんです。日本人は、クイズが、好きなんでしょうね。また、会社の方も、難しい駅名が、なかなか読んで貰えなくて、困っていたんですが、このクイズを始めたら、皆さんに、駅名を覚えて頂けるようになると、喜んでいます」

「じゃあ、万事、満足ということですか？」

「今のところは、その通りですね」

と、担当者は、いった。

二人の刑事は、駅に戻り、近くのカフェに入った。

急に、二人とも空腹を覚えて、トーストとコーヒーを注文した。

「この飯田線に、殺人の動機は、ありそうもないね」

日下は、小さく溜息をついてから、トーストを、口に運んだ。

早苗は、肯《うなず》いて、コーヒーを飲んだ。

「確かに、飯田線には、何も無いみたいだわ」

「東京に戻って、もう一度、被害者野田花世の経歴を調べ直してみよう」

と、日下が、いった。

二人は、東京に戻ると、まず、十津川に報告をすませてから、花世の住んでいたマンションに行くことにした。

最上階、十階の角部屋である。

一〇〇一号室は、封鎖され、警官二人が警備している。

その警官に、警察手帳を見せて、二人は、中に入った。

閉め切ってあるので、少し、埃《ほこり》っぽい。

日下が、手帳を取り出して、

「野田花世は、島根県の出雲の生れなんだね。地元の高校を卒業したあと、上京し、東京の大学に入学。そこで君と同窓になったんだ」

「ええ。その時から、美人だったわ」

「卒業後、東京八重洲口に本社のある旅行会社に入社」

「私は、警察学校に入った」

「彼女の会社での成績は、どうだったんだろう?」

「私が、聞いた限りでは、順調だったようだわ。成績のいい社員は、幹部候補として、外国廻りをして、勉強するんだけど、彼女は、その幹部候補になっている。そして、今度はひとりで、飯田線三泊四日の旅行プランを委されたんだから、将来は会社の幹部になる筈だったと思う」

「結婚はしてないんだね?」

「ええ。社内で、男のことで、問題を起こしたこともないと思うわ。結婚したことはない」

「なぜ、結婚しないんだろう?」

「今は、年頃になったら、結婚しなければならないということがないから」

「そういえば、君も結婚してないね」

「私は、仕事の方が面白いから」

「被害者も、同じなのかな?」

「私に、旅行プランの話をする時は、とても楽しそうだったわ」

「その辺が難しいんだな」

と、日下が、いう。

「どこが？」

「実際には、彼がいたとすれば、愛情関係が動機になるし、それが無いとしたら、仕事関係が動機になってくる。動機が、違ってくるんだ」

「そのどちらだと思うの？」

「それがわからないから、困っているんだ」

日下は、ひと息ついてから、2DKの部屋を、改めて、見廻した。

「犯人は、このマンションに入って、野田花世を殺してから、パソコンと、携帯を、盗み出している」

「その通りだけど」

「前にも考えたんだが、犯人は、被害者のパソコンや、携帯が、警察に押収されると困る立場にいるということになってくる。だから、危険をおかして、被害者のマンションに忍び込んだ」

「そこまでは、正しい推理だと思うわ」

「つまり、パソコンと、携帯に、犯人の名前が入っていると考えられる、ということなんだ」

「前にも、その結論になったわ。犯人と被害者は、親しいという結論。だから、すぐ、犯人が浮かんでくると、思っていたんだけど、まだ、浮かんでこない」

「君の情報は、野田花世の携帯か、パソコンに入っているのか？」

「もちろん、入ってる。彼女がはじめて携帯を持った時に、『あなたの名前、携帯に入れといたから』と、言われてからずっとよ」

「彼女は、どんな性格なの？」

と、日下が聞く。

「慎重派なんだけど、感激屋のところもある人。だから、他人を簡単に近づけないんだけど、感激すると、簡単に好きになったりするところがあるわ」

「そうだとすると、犯人の限定が難しくなるね。パソコンや携帯に、名前が入っていても、昔からのつき合いの場合もあるが、初対面の人に感激して、突然名前を入れるケースも、あり得るわけだからね」

「その可能性はあるわ」

「もう一つ、今は、仕事一途だが、突然、男を好きになる可能性もあるわけだろう？」

「そうね。その可能性も、あるわ」

「そうなると、なおさら、犯人の範囲がわからなくなるよ。今まで仕事一途でも、突然、ある男に感動して、好きになることもあるんだから」

と、日下は、いった。

「それほど、極端だとは、思わないけど」

と、早苗は、いった。

大学時代の三人組は、卒業後も、つき合ってきた。

早苗から見て、すでに結婚している大河内リエは、平凡で、人が良くて、親しみが持てるが、野田花世の方は、難しい。突然、会ったばかりの人を好きになったりするからだ。

それでも、つき合い続けたのは、彼女が、古い友人を裏切ったりしないことが、わかっていたからである。

花世は、突然、ある人物の言動に、感動したりして、早苗を、狼狽《ろうばい》させることがあった。

しかし、だからといって、古くからの友人である早苗を裏切ったりはしなかった。だから、今まで、つき合ってきたのである。日下は、そのことが、わかっていない。

携帯や、パソコンに、親しい友人、知人の名前を入れたら、その名前を、削ったりはしないのだ。

ただ、今回、花世の死を迎えて、悲しかったことがある。

会社から、飯田線を使った三泊四日の旅行プランを計画するように命令されて、花世は、嬉しそうだった。その嬉しさを、彼女は、早苗に話してくれた。

その仕事の上で、花世は、誰かを好きになったらしいと、早苗は、疑っていた。どう見ても彼女の喜びは、旅行プランの作成だけでは、ないような気がしていたのである。

もし、それが当たっていたら、花世は、そのことを、早苗に打ちあけてくれなかったことになる。それが、悲しかった。

もし、花世が、それを打ちあけてくれていたら、守ってやれたと、思うからだった。

早苗は、更に、自分の思いを進めていった。

女も、男と同じで、仕事と愛が欲しいし、その二つで、悩む。

花世は、新しい仕事のことは、早苗に打ちあけてくれた。もし、花世が、早苗に話してくれなかったことがあったとしたら、それは、間違いなく愛の問題である。

大学時代、花世には、つき合っていた先輩の男性がいた。あの時、花世は、ためらいながらも、その男のことを早苗に話してくれた。

一度だけ、すてきな男性と出会えたと聞いたが、今回は、詳しく話してくれなかった。相談してくれなかった。

(何故だろう?)

男が、いなかったから、なのか? だが、事件が起き、花世は、殺されてしまった。

と、考えると、やはり、男がいたとしか思えない。

問題のある男だったから、殺人にまで発展してしまったのではないか。

しかし、それなら、現職の刑事である親友の早苗に、相談したのではないのか。

親友に相談できないような男がいるのだろうか？

（前科のある男なのか？）

しかし、それなら、現職の刑事である早苗に、話すだろう。

男がいたに違いないと思うのに、その男の姿が、はっきり見えて来ないのである。

（外国人なのか？）

花世は、つき合っている相手が、外国人だからといって、それを隠すような女ではない。

むしろ、喜んで、早苗に紹介するだろう。

（残るのは、相手が既婚者なのかということだが？）

もし、このケースなら、花世は、仕事に全力をつくせない。そういう女なのだ。

結局、どのケースも、早苗は、納得できなかった。

第二章　プランの中の秘密

1

日下がいった。

「亡くなった君の友達の事で、一つ新しい事がわかった」

「どんな事？」

と、早苗が聞く。

「飯田線三泊四日の旅行プランを作れと会社からいわれた時、彼女は三回、図書館に行ってるんだ」

「たぶん、飯田線の事をよく知らなかったので、調べに図書館へ行ったんだわ」

「しかし、調べるなら、別に図書館へ行かなくったって、実際に飯田線に乗ってみればいいんだ」

「それなら、飯田線の実態を、知りたいからじゃなくて、飯田線の歴史を知りたくて図書館に行ったんだと思う」

「じゃあ、我々も、図書館に行ってみようじゃないか。彼女が三日間通ったのは、国会図書館だ」

と、日下がいった。

二人にとって、図書館は、懐しい場所だった。

社会人になった今は、ほとんど行くことはないが、高校三年の時の大学受験勉強には、家にいては、気が散るので、それぞれ、家の近くの図書館に行っていたのだ。

国会図書館は、混んでいた。中には、机に突っ伏して眠っている者もいる。図書館は静かなうえに、冷暖房がほどよく効いているから眠るにも最適なのだ。

日下も、大学受験の勉強のために、図書館を使っている時、気がつくと眠ってしまっていることがあった。

今日は、二人とも、眠っているわけにはいかなかった。

受付で、警察手帳を示し、野田花世が、ここでどんな本を借りていたかを聞いた。

その結果、花世は三日間続けて通い、十冊の本と、二冊の雑誌を借りていることがわかった。

本は全て飯田線に関するもので、二冊の雑誌は、鉄道の雑誌で「飯田線特集」をやっていた。

日下と早苗は、知らなかったのだが、飯田線は、二〇一七年が全線開通八十周年だったのである。そのために、多くの本や、雑誌の特集が出ていたのだ。

鉄道の本らしく、写真の多い、楽しいものだった。それは、どうしても、同じような作りの本になってしまい、雑誌の特集になってしまっている。

全線開通までの苦労話。古い形式の車両から、最新の車両までの写真。そして、さまざまな形の駅舎。

どうしても、同じような本になってしまうのだ。

だから、花世は、十冊も本を借り、特集雑誌を二冊も借りたのだろう。

「丸っきり、内容が同じだな」

と、日下は、文句をいいながら、一冊ずつ眼を通していったが、急に、手を止めた。

日下も、早苗も、同じ内容、形式の本に眼を通すことに、疲れてしまっていたのである。

天竜川に沿って走る列車
無人駅と、難読駅が多い路線

特急が何故か途中までしか行かない

しかし、景色と歴史に恵まれている

どの本も、特集雑誌も、そんな文句で、書かれているのだ。

ところが、何冊目かの本を手に取った時、日下が、「あれ?」という顔になったのである。

それまで、日下は、機械的に本の題名と副題だけを手帳に書いていった。その途中で日下がいった。

「この本の売り文句が面白いよ」

そこに書かれていた文字は、

「飯田線の難工事に

北のアイヌの力も借りた」

それが副題だった。

「彼女から、飯田線の事は色々聞いたけど、北のアイヌの力を借りたという話は聞いてないわ」

早苗が首をかしげた。

「しかし、これが本当なら面白い話じゃないか」

と、日下がいう。

「だけど、彼女はそんな話はいわなかったし、彼女が作った『飯田線三泊四日の素晴らしい旅』のポスターにも、アイヌのことは、一言もなかった。この本を借りたかもしれないけど、それほど面白いエピソードじゃないと思って、取り上げなかったんじゃないのかしら。そうなら、今回の殺人事件とは関係無いわ」

と、早苗がいった。

「いや、反対じゃないかな」

「どこが？」

「なぜ彼女が、この話を取り上げなかったのか不思議だよ。おれなら、まずどんな話なのか調べてみて、楽しければ絶対取り上げるよ。だって飯田線の建設には、北海道のアイヌの力があったとしたら、これ以上面白い話は無いよ」

と日下がいった。それでもまだ早苗は半信半疑で、

「それじゃあ借りた本を、全部もう一度読み直してみましょうよ」

といった。

二人の刑事は借り出した他の九冊の本と鉄道雑誌二冊にもう一度目を通す事にした。

二人の刑事は、机の上に積み上げた本を片っ端から読んでいった。日下と早苗が知りたかったのは、第一に飯田線とアイヌとの関係である。二人とも一度は飯田線に乗っているのだが、北海道のアイヌと関係があるという事は、全く知らなかったのだ。

ところが、二冊の雑誌を読み返していっても、いっこうに、北海道のアイヌは出て来なかったし、九冊の本の内八冊にもアイヌは出て来なかった。かろうじて残りの一冊の本に、短くだが北海道のアイヌが飯田線の建設に貢献した、と書かれていた。二人は、最初に気づいた本と合わせて二冊の本をまとめて、飯田線とアイヌの関係をノートに、書き写していった。

飯田線はもともと、「豊川鉄道」「鳳来寺《ほうらいじ》鉄道」「三信《さんしん》鉄道」そして「伊那《いな》電気鉄道」の四つの私鉄が繋《つな》がった路線である。

この中で、最も建設が難しかったのは「三信鉄道」の区間だった。三河と信州を結ぶという掛け声で建設に入った三信鉄道だが、天竜川の急流があり、佐久間ダムに沈んだ集落があり、絶壁があり、工事そのものも大変だったが、まず測量自体が、足場が不安定で困難だったといわれている。度重なる挫折から三信鉄道は、当時北海道で優秀な測量技師として有名だった、川村《かわむら》カ子《ネ》トというアイヌの測量士を呼ぶ事にした。

この、川村カ子トというアイヌの測量士についてはあまり知られていないが、昭和三年当時、北海道の土地の内、七割を彼が測量したといわれるほど腕のいい技師だった。川村カ子トは明治二十六年、旭川に生まれている。しかし開拓という名前の和人の侵入によって土地を失い農業が立ち行かなくなった時、カ子トが見つけたのは、鉄道の測量人として働く事だった。その内勉強を重ね、測量人として北海道各地、長野、樺太《からふと》、朝鮮半島まで測量の仕事を広げていった。

そうした、川村カ子トの北海道での測量人としての功績を知った三信鉄道が、難工事を成功させる為に彼を呼んだのである。その時に川村カ子トは一人で長野県には行かず、一族郎党十数人を連れて、長野県に向かったといわれる。それだけの覚悟をして北海道からやって来たのである。その心中にはもちろん、現地の天竜川の激しさや、山また山の地形という難題もあっただろうが、どこかに自分が子供の時から差別されていた事への警戒もあったに違いなかった。

実際に、長野県に来て三信鉄道の為に測量をやり、建設をやり、トンネルを造ったその時にも差別を受けたといわれている。

なにしろ、戦前の話である。アイヌが、土人といわれていた頃である。どんなことでもバカにされた。

アイヌは独自の文字を持っていない。そのことをバカにされたアイヌの若い女性が、ローマ字で、詩を書いた。案の定、それを見た日本人が自分の文字を持たない奴は可哀そうだといった。それに対して彼女は笑って、「日本人だって、字が無いから、中国から、漢字を借りてるじゃありませんか」と、いい返したという、そんな時代だった。

わけもなくバカにされ、時には殴られたという。それでも、めげずに、急流に、腰まで浸りながら、自ら、測量器械を動かしたと、いわれていた。

川村カ子《ネ》トの頑張りによって、三信鉄道は完成し、今は、飯田線となっている。川村本人は、そのあとも、時々現場にやってきては水路や、ダムや、線路を自分の眼で診ていったという。

旭川にはアイヌの記念館があるが、そこへ行くと、昭和三年当時、川村カ子トとその部下たちが使用した測量器具が並べられている。

日下と早苗の二人が読んだ本には、そうした器具も写真で、載せられていたが、今の測量器具などに比べれば、はるかに幼稚な代物である。それを見ると、かくも粗末な道具を使って、よくも荒れる天竜川に挑み、山を抜けるトンネルを掘り、橋を架け飯田線の前身、三信鉄道を完成させたものだと感心してしまう。

日下が十冊の本、二冊の雑誌を読み通してから早苗にいった。

「この本と雑誌を亡くなった野田花世が借りに来ている。借りて来た以上、十冊の本と二冊の雑誌には目を通したとみて良いだろう。それなのに、なぜ彼女は飯田線について、他の二項目をあげているんだろう？　その一つは、難読駅がある事。第二は、沿線の歴史の面白さ。それなのに、飯田線の建設に北海道のアイヌが活躍している事は、ひと言もいっていない。なぜなのか、考えてしまうんだ」

「私も同じだわ。理由は二つ考えられるわね。アイヌに対して大きな関心があるため、逆にいわなかったのか、アイヌ自体に関心が無いので、それを扱っている本と雑誌を読んでも無視していたか。そのどちらかだと思う」

と、早苗がいった。

「それは絶対にあきらかにする必要があるね。前者か後者かによって容疑者の顔も違ってくるから」

と日下がいった。

「それで、どうしたらいい？」

と早苗が聞いた。

「君は大学時代の親友三人組の中の大河内リエの話をしたが、彼女以外にも野田花世の友達はいたんだろう？　その彼女達にも、片っ端から会ってみようじゃないか。野田花世が、アイヌに対して、どんな感情を持っていたのか、それをあきらかにしようじゃないか」

と、日下がいった。

亡くなった野田花世の、大学時代の友人たちを集める仕事はもちろん、同窓生だった北条早苗がやった。電話を掛け、手紙を書き、何とか一週間後、捜査本部近くのカフェに、八人の同窓生を集める事が出来た。

その八人を前にして、北条早苗がいった。

「今、警察は、私たちの友人だった野田花世の殺された事件を捜査してるわ。それで、大学時代、彼女の友達だったみんなに、協力して欲しいんだ」

というと、八人は口々に、

「何でも協力するわ」

「何でも聞いて」

と大声を出したが、早苗に代わって日下が、

「亡くなった野田花世さんと、北海道のアイヌと何か関係がありませんでしたかね。そのことを知っている人がいたら、ぜひ我々に話してもらいたいんですよ」

といった途端に、八人は、黙ってしまった。さらに早苗が重ねて聞くと、八人とも花世

からアイヌについて話を聞いた事は無いと否定した。

「しかしね、野田花世さんは旅行会社に勤めていて、日本中はおろか、外国にだって行っていた訳ですよ。その時に日本は単一民族ではなくて、アイヌなどの民族もいる、みたいな事はいってませんでしたか？」

と、日下は、聞いた。しかし、それもあっさり、否定されてしまった。

しかし、二人は上野の図書館で野田花世が借りていた、十冊の飯田線の本と、二冊の雑誌の事がどうしてもあきらめられなくて、今度は、野田花世の旅行会社の同僚たちに、集まってもらった。この人たちの方は、捜査本部に来てもらう訳にはいかないので、花世が働いていた東京八重洲口の旅行会社近くのカフェで、話を聞く事になった。

こちらは、男二人に女一人の同僚たちである。三人に対して日下と早苗は、大学の同窓生たちにしたのと同じ質問をした。

「野田花世さんは、飯田線の三泊四日というプランを立てていた訳でしょう。話の中で、アイヌのことが出て来ませんでしたか？」

三人は顔を見合わせていたが、女性の同僚が、

「飯田線に、アイヌが関係していたなんて話は、聞いていません。彼女が作ったポスターにだって、アイヌの話は出ていないでしょう。もし、アイヌが飯田線の建設に関係してい

ると知ってたら、きっと、ポスターにも出しますよ。そういう人だから」

同調するように男の同僚がいった。

「あのプランはもう、終わったんですよ。今頃から次のプランを作る事になるんです」

「それで彼女はどんなプランを次に用意していたんですか？」

と、日下が聞いた。また三人は顔を見合わせてから、女性がいった。

「これはまだ内緒なんですが、彼女、フランスのパリに行くプランを立てていたんです。十人ぐらいの少人数で」

「でも、最近は、パリに行く旅行だって、別に珍しくはないでしょう。十人の少人数で、パリに何しに行くんですか？」

と日下が、聞いた。

「今年の十二月に、パリで何かの世界大会が、あるんですって。それに希望者を募《つの》って、出かけようというプランです」

と、女性がいう。

「その話、どんなプランで、どんな会に出席するのか、わかりませんか？」

早苗が聞き、相手はすぐ、スマホを取り出して調べていたが、

「わかりました。今年の十二月十日に、パリで世界少数民族の会合があるんですよ。それ

を傍聴しに行く参加者を十人集める。そういうプランみたいです」

その説明に、今度は、早苗と日下が顔を見合わせた。

「その大会には、日本の少数民族も、参加してるんでしょう。そこに、アイヌも入るのじゃないんですか？」

「そうだったかしら」

と女性。日下が助け船を出すように、

「少数民族の世界大会なんだ。日本の中の少数民族が、参加するとなれば、アイヌも入るに決まってるじゃないか」

事件に関わることかもしれないが、それでも日下と早苗は元気が無かった。野田花世が殺されて彼女が使っていたノートパソコンとスマホを犯人が持ち去ってしまっていたからである。今年の十二月十日にパリに行く話。そのプランや、どうやって十人を募ってパリに連れて行くのか。そうした詳しいことは、ノートパソコンかスマホに入っていたのだろう。それを盗まれてしまい、見ることが出来ないのである。

早苗と日下の二人は、捜査本部に戻って、十津川に報告した。

「殺された野田花世ですが、旅行会社で作った飯田線の三泊四日の旅行プランに、アイヌが、関係しているらしいことがわかりました。私たちも、飯田線の開業に、アイヌの技術者が関係していることを知ったのは初めてです。それについて、殺された花世が、関心を持っていたことは間違いありません。逆に飯田線三泊四日の旅行プランになぜ花世が、川村カ子ト《ネ》という、アイヌの測量士に関連することを入れなかったのか。そこがはっきりしないと、事件の真相は摑《つか》めないと思っています」

日下がまず報告した。

十津川は、北条早苗に目を向けて、

「君は、大学の同窓生が被害者だから、やりにくかったんじゃないのか」

と聞く。早苗は、

「大学を卒業してから、もう、六年も経っています。その上、最近はたまに会うくらいしか、野田花世とはつき合いがありませんでした。ただ、彼女が旅行会社に勤めていましたから、連休の旅行について相談しようかと思ったことはあります。ところが彼女が殺されてしまった。彼女の仕事の面を調べていくと、今、日下刑事がいったように、飯田線が出てきたり、北海道のアイヌ、川村カ子トが飯田線の完成に尽力したことも、わかりました。この話は、私にとって新鮮な驚きでした。ただ、今回の殺人事件に亡き川村カ子トがどう絡んでいるのか、なぜ被害者の野田花世が関係していたのかがわかりませんでした。日下刑事がいったように、旅行会社の社員だった野田花世が、飯田線に関心を持ち、飯田線三泊四日のプランを練っている時に、飯田線と北海道のアイヌとの関係を知ったんだと思います。それを調べていた。それなのになぜ、自分の立てた旅行プランに、それを入れなかったのか。それが、いまだにわかりません。わかれば、今回の殺人事件の捜査が、大きく進展すると思っているのですが」

「今年の十二月十日にパリで世界少数民族の大会が、開かれるんだろう。その事にも殺された野田花世が関係していた。これは間違いないんだね？」

と、十津川が聞いた。

「間違いないんですが、少しばかりおかしな状況になってきています」

と、日下がいった。

「それを説明してくれ」

「この大会には、日本からアイヌが参加する事になっていました。日本もアイヌ問題がありますから、文科省の外郭団体である、『日本アイヌ研究会』からアイヌの代表者三人を、代表として送る事になっていました。野田花世が勤めていた旅行会社は、これに賛同して、少数民族に関心のある若者十人を募ってパリで行われる会議を傍聴させようとする考えがありました。それを担当していたのが、野田花世です」

「文科省にしてみれば、少数民族も大事にしていると思わせたいんじゃないのかね」

と、十津川は、笑って、

「日本の場合、アイヌを『土人』と呼んだ。北海道を中心に見れば北海道の開拓の歴史は、アイヌの苦難の歴史でもあるという人も多いからね。それで、文科省外郭団体の『日本アイヌ研究会』の代表がパリの大会に参加する事になっているのか」

「この外郭団体ですが、最近になって文科省の事務次官が代表を務めています。日本人が少数民族に対して冷たいという批判を浴びているので、その批判を、払拭《ふっしょく》する為にも、最近になってこの研究会の代表に、事務次官をあてるようになったんです。それで、私たち二人で、文科省に行き、現在この問題がどのようになっているのか、聞きました」

「今回の事件が、呼び水になって、日本の少数民族の代表、アイヌが十二月十日の世界少数民族大会に出席して、自分の意見を述べられるようになれば、幸いじゃないか」

十津川がいうと日下が、

「それが、少しだけ面倒な事になろうとしているのです」

といった。

「どういう事なんだ？」

「我々警察が、野田花世が殺された件については背後にアイヌ問題があると考えました。それはアイヌが犯人だという事ではありません。ところが、どこで聞いたのか、今回の殺人事件の犯人がアイヌだというデマを飛ばす者がいまして、このままでは、文科省に、アイヌの代表を行かせる事や、それを文科省が後援する事が難しくなるという意見があるようなんです。このままだと、文科省はアイヌの後援を止めてしまうと思います」

「だからといって、われわれは、今回の捜査に手心は加えられないよ。そんな事をすれば、今度は警察の威信が、傷つくことになる」

十津川がいった。亀井刑事が横から、北条早苗に向かって、

「今回の殺人事件だが、アイヌの存在は無視出来ないのか？」

と、聞いた。

「野田花世の捜査をしていると飯田線の開業に北海道のアイヌ、川村カ子《ネ》トが尽力している事がわかりました。これだけなら過去の話ですが、野田花世は、この件を調べている間に現在のアイヌの誰かと、恋愛関係になってしまったのではないかと、考えています」

「殺された野田花世に、アイヌの恋人がいたというのは間違いないのか？」

十津川が聞いた。

「まだ想像の段階ですが、恋人がいたと考えた方が、今回の殺人事件はすっきりするんです。野田花世が、飯田線の問題、特にアイヌの問題について調べていたのに、旅行プランにはなぜ、そのことを入れなかったのか。彼女の恋人に何らかの関わりがあるのではない

か、そう考えると、すっきりするんです」

と、日下がいった。

「その恋人は、われわれが捜査を進めれば否応《いやおう》なしに浮かび上ってくるんじゃないか」

「そう思います」

と、日下が、いう。

「それで、アイヌの恋人は、今、何処《どこ》にいるんだ？」

十津川が、聞く。

「多分、北海道の旭川だと思います。こちらで調べたところ、野田花世は、何回も、旭川に行っていますから」

「それなら、君たち二人もすぐ、旭川へ飛べ」

十津川は、日下と早苗の二人に、いった。

二人は、すぐ、旭川に飛んだ。

旭川には、アイヌたちが多く住む集落《コタン》があった。

明治政府が、北海道の開拓に全力をあげる際、農業をその主力にした。

邪魔だったのは、アイヌだった。アイヌは、もともと狩猟・漁撈《ぎょろう》民族で、季節的に移動しながら生活していた。石狩《いしかり》川のような大河の傍《そば》に小さな集落を作る。

明治政府は、そんなアイヌの生活を無視して、一カ所に集めて、農業をやらせようとしたのである。

長い間、狩猟生活を続けてきたアイヌに農業をやれというのは、無理があった。農業に不慣れなアイヌは、土地を取りあげられ、一カ所に、閉じ込められた。政府の立場から見れば北海道の開拓だが、アイヌから見れば、和人《わじん》による侵略である。

「北海道独立運動」というのがあった。その趣旨は、北海道はもともと、アイヌの土地である。だから、アイヌに返そうという運動だった。

その考えは、間違っていなかったが、失敗するのは、眼に見えていた。何故なら、すでに、本州から北海道に移り住んだ、和人の方が、アイヌより、多くなってしまっていたからである。その多勢の和人に、北海道から出ていけというのは、土地を取りあげることだったのだ。予想された通り、この運動は、自然消滅してしまった。

川村カ子《ネ》トは、村おさの子として、旭川に生まれた。

小学校に入ると、和人の子供たちから、「土人の子」とか、「村おさだなんて生意気だ」といって、いじめられた。

しかしカ子トは、めげなかった。

問題は、アイヌには、仕事がないことだった。

唯一あったのは、測量の仕事だった。広い北海道に、汽車を走らせる計画があり、そのための測量が必要だったのである。

算数が得意だったカ子《ネ》トは、測量技師の下働きで働くことになった。

カ子トは、測量技師になろうと、勉強し、仕事があれば、何処へでも出かけた。それが認められて、少しずつ出世し、望んでいた測量技師になった。

測量の仕事で、カ子トが行かない場所は、北海道には、ほとんど無いようになっていた。

その頃、本州では、三信鉄道という会社が、天竜峡《てんりゅうきょう》と三河川合《みかわかわい》の間に鉄道を敷こうとして、苦労していた。

荒れ狂う天竜川と、そそり立つ峡谷。まず測量をしなければ、ここに、鉄道を敷くことが出来なかった。

命がけの仕事だったから、三信鉄道が、「天竜峡の――」といっただけで、測量技師が、逃げ出してしまったという。

そんな時、重役の一人が、川村カ子トの噂《うわさ》を聞いてきた。北海道の鉄道建設で、アイヌの技師が、すばらしい働きをしているという。この技師に来て貰って、天竜峡谷の測量をやって貰おうと、その重役が、会議の席ですすめたのである。

急いで、三信鉄道は、北海道の川村カ子トに連絡した。三信の方は、来てくれるかどうか、心配したが、カ子トの方は、本州の鉄道会社が自分の名前を知って、仕事を依頼してくれたことに、大喜びした。

この時カ子トは、十人以上の家族や仲間を連れてきた。

しかし、いざ、測量に取りかかると、北海道の自然できたえたカ子トたちでも、簡単にはいかなかった。

天竜川は、急流、峡谷は、断崖絶壁である。プロでも、ひるむような、場所だった。それでも、カ子トだけは、断崖を駆け登り、すべりおりた。

測量隊を、悩ませたものに、周辺には、猿やイノシシがいた。しかし、一番の恐怖は、マムシだった。湿気の多い所でそれを好むマムシが襲ってきたという。

予測しないことも起きた。

測量をすませた山が、突然、崩れたこともあった。

三年近くかかって、ようやく、カ子ト隊は測量をすませた。

カ子トは全力をつくしたが、それでも、満足ではなかった。測量がしばしば失敗し、やり直さなければならなかったからである。

彼と一緒に測量に当たった家族や、仲間は、測量中に、谷に落ちて、天竜川に呑《の》み込まれそうになったこともあったし、マムシに嚙《か》まれて命を落としかけたこともあった。

かったという。

　ともかく、カ子ト《ネ》の努力によって、三信鉄道は、建設に取りかかることが出来た。仕事熱心なカ子トは、測量をすませたあとも、しばしば現場を訪れて、助言を惜しまなかったという。

　その三信鉄道も、現在、他の三線と合併して、飯田線になっている。カ子トの努力なくして、現在の飯田線は無いわけだが、カ子トと、その家族の名前が、忘れられようとしていることも事実である。

　逆に、カ子トと飯田線の関係を、もう一度、見直そうという動きもある。旭川に、かつてのアイヌの集落《コタン》とは違うが、アイヌの人たちが多くすむ村があり、同じように、子供たちに、カ子トの業績を、教えようという動きがあった。

「その先頭に立っているアイヌの青年に会いました」

　と、日下が、報告してきた。

「彼は、小鶴《こづる》と呼ばれています。なんでも、子供の時から鶴の踊りが上手かったので、成人しても、小鶴と呼ばれているそうです」

「確か、鶴の舞いをしているアイヌの写真を見たことがある」

　と、十津川は、いった。

「ここでも、何かお祭りがあると、母鶴と子鶴の舞いをするようです」

「それで、その小鶴君は、死んだ野田花世と関係があるのか？」

と、十津川が、聞いた。

「まだわかりません。彼は、寡黙《かもく》で、ほとんど喋らないんです。しかし、飯田線三泊四日の旅を、計画している時、野田花世が、しばしばここの集落を訪れて、小鶴君と話しています。目撃者がいますから」

「仕事の話だけか？」

「今のところ、仕事のことで、野田花世が、小鶴君に会っていたことしかわかりません。寡黙な彼も、そのことは認めています」

「しかし、花世は、結局、アイヌの川村カ子トのエピソードは、旅行プランに折り込んでいないんだ。それでもしばしば、その村を訪ねて行って、小鶴君に会っていたとしたら、仕事の打ち合わせだけで会っていたとは、思えないね」

と、十津川は、いった。

「同感ですが、何しろ、彼が、寡黙なので」

と、日下が、繰り返す。

「北条刑事はどうしてるんだ？」

「彼女は、村のアイヌの娘たちに当たっています。多分、何か聞いてくると思います。若い娘は、きっと、おしゃべり好きでしょう」

と、日下は、いった。

北条早苗刑事が、報告してきたのは、翌日になってからだった。

「小鶴君の話は、聞きましたか？」

と、いう。

「日下刑事から聞いたが、大ざっぱな話で、本件解決に役立つとは、思えない」

「そうだと思います。とにかく、小鶴君は、口数が少なくて、なかなか、こちらの知りたいことを喋ってくれないのです。そこで、私は小鶴君をよく知るアイヌの娘たちに、当ってみることにしました」

「それで、何かわかったか？」

「まず、小鶴君のことですが、年齢は、二十五歳で、旭川の北の大地アイヌ協会の職員を、やっています。それから、鶴の舞いが得意で祭りの時は、子供たちに教えていて、祭りの花形です」

「野田花世との関係は、どうなんだ？　何もなければ、鶴の舞いの名手とわかっても、仕方がないぞ」

と、十津川が、いった。

「私も、それを知りたくて、娘たちに当たってみたんです。これから後は、その彼女たちの話なので、そのつもりで、聞いて下さい」

と、早苗はいった。

「野田花世は、飯田線の最大の功労者、川村カ子ト《ネ》のことを調べようと、この村にやってきました。ここは、カ子トの出身地です。それに、小鶴君は英雄であるカ子トを本にしようとして、調べていたので、自然に、二人だけで、話し合うようになりました」

「そのあたりのことは、了解した」

「最初は、仕事のことで、話し合っていたんだと思います。そのうちに、小鶴君が、突然――」

「ひげを、剃った?」

「昔のアイヌの男性は、立派なひげを生やす方が多く、川村カ子トも、そうでした」

「彼の写真は見ているよ。確かに、カ子トも立派なひげを生やしているね。それで、小鶴君の話は、どうなったんだ?」

「彼も、立派なひげを生やしていて、それが自慢でもあったんですが、突然剃ってしまったと、いいます」

「野田花世のためにか?」

「娘たちは、もっと優しく、『愛が切らせた』といっています」

「なるほどね。野田花世の方は、会社から、早く旅行プランを作れといわれていたのに、その途中で、愛が生まれてしまった。それで、私的な理由で入れたといわれないよう、旅行プランから、アイヌのことを抜いてしまった。それだけ、真剣だったということか」

「私に、話してくれた娘たちも、そういっています」

「しかし、肝心の小鶴君は、認めているのか？」

「いえ。彼は、野田花世のことは、話してくれません。してくれるのは、彼女との仕事の話だけです」

「それでは、二人の間に、愛が生まれていたという証拠はないのか？」

「写真があります」

と、早苗が、いった。

「写真？　何の写真だ？」

「娘たちも、二人に興味を持っていたようです。その点、変わりませんね。娘たちのひとりが、二人の後をつけて、写真を撮っています。スマホでです」

「いまどきの娘さんだな」

「当たり前ですよ。警部。それは、何回目かに野田花世が、訪れた時で、それまでは、旭川駅近くのホテルに泊まっていたんですが、この時、この村の中で、泊まったそうです。娘の一人が、これは何かあると思って、スマホを持って見張っていたといいます」

「それで、何があったんだ？」

「夜おそくなって、二羽の鶴が、出て来たといいます」

「二羽の鶴が？」

「もちろん鶴の衣裳を着た野田花世と、小鶴君です。二羽の鶴は、石狩川の近くに進み、踊り出したというのです。普通は、二羽の子鶴と、二羽の親鶴が舞うのですが、この時は、二羽の美しい鶴だけだった。鶴の舞いというのは、アイヌの祭りによく舞われて、もっとも美しいものだと、いわれているそうです。この夜は月が明るくて、無心に舞っていたというのです。舞いの名人の小鶴君が、リードしていたんでしょうが、あとをつけた娘は、月の光の下で舞い踊る二羽の鶴に見えて、身体がふるえたと、いっています。その時、娘が写した写真五枚を送ります」

「君は、もう見てるんだな」

「はい」

「君の感想は？」

「感動しました。もともと、アイヌの鶴の舞いは、親鶴が、子供の鶴をやさしく育てている光景を、踊りで表現しているんですが、これは、男と女の鶴の愛の踊りです」

と、早苗は、いった。

このあと、五枚の写真が、送られてきた。

鶴の衣裳を着た二人。

大きく手を広げ、見つめ合いながら、ゆっくりと、円を描くように舞う。

二人は、鶴のように身体をくねらせる。美しいが、セクシーでもある。

最後に、男鶴が、大きく手を広げ、女鶴がその胸の中に倒れていく。

じっと、抱きしめる男鶴。

見終わって、十津川は呟《つぶや》いた。

(愛以外の何ものでもない)

2

十津川は、二人の刑事を、旭川の村に留めておいて、彼自身が、向こうに行くことを、決めた。

自分の眼で、村と、小鶴を、しっかりと見たくなったからである。

今回は、亀井を連れず、ひとりで、旭川に向かった。

空港には、日下が、ひとりで、迎えに来ていた。

「北条刑事は、アイヌの娘たちと、すっかり仲良くなって、人生相談を受けています」

と、日下が、いった。

「人生相談？」

「純粋な彼女たちに、どんな男に用心したらいいか教えてるみたいです」

「なるほどね」

「小鶴君と、お会いになるんでしょう」

「相変わらず、小鶴君と呼んでるのか？」

「今、熱心に、カ子ト《ネ》のことを調べて、出版を目ざしていて、そのため『カ子トの子』とも、いわれています」

「カ子トの子か」

「彼が、カ子トの本を出すことになったり、子どもたちに、カ子トのことを教えたりしているので、川村カ子トは、忘れられた英雄から、近代日本をリードした英雄になりつつあります」

と、日下は、いった。

「彼は、二つの顔を持っているわけだな。アイヌの英雄の子と、野田花世の恋人の顔だ」

「そうですね。電話でもいいましたように、寡黙ですから、話を聞くのは骨が折れますよ」

「しかし、子どもたちに教えているのだろう?」

「そうです」

「それなら、喋るのも仕事だろう」

「だが、野田花世のことになると、急に、寡黙になります」

「それは、彼女との想い出を、大切にしているからかな?」

「かも知れませんが、わかりません」

と、日下は、小さく首をすくめた。

二人は村に着いた。

小鶴が子どもたちにカ子《ネ》トの事を教えている小学校を、合流した早苗と日下と十津川でのぞいてみる。

小鶴は、楽しそうに、教えている。

時々、笑い声が生まれているから、教室では寡黙ではないのだろう。

小鶴は、授業の終わりに、大きな川村カ子トの写真を掲げて、「彼は、この集落《コタン》が生んだ英雄である。だから、忘れないようにしましょう」といって、話を了《お》えた。

そのあと、まっすぐ、十津川に向かって、歩いてきた。

話の最中に、十津川が来ていることに、気付いたのだろう。

空いている教室で、話すことになった。

「あなたのことを、何と呼んだら、いいんですか？」

と、まず、聞いた。

相手は、笑って、

「今は、カ子トの子と呼ばれるのが、嬉しいですね。カ子トを尊敬していますから」

「今度、カ子トの本を出すそうですね？」

「そうです」

「カ子トは、この近くにあった集落の人でしょう。前からよく知っていたんじゃありませんか？」

「知っていましたが、もう過去の人だと思っていました。外の人から、彼の偉大さを教えられて、恥しい思いをしました」

「外の人というのは、野田花世さんのことですね」

「そうです」

「彼女は、取材で、何回も来ていて、あなたが、対応していますね？」

「多分、私が若いので、話が合うと思ったんでしょう」

「何回目かに会った時に、あなたは、自慢のひげを剃っていましたね。今は、伸ばしている。彼女のために、剃ったんですか？」

「どうでしたかね。覚えていません」

「最初は、カ子ト《ネ》のことを聞きに、彼女は、来ていたんでしょう？　どんな話をしていたんですか？」

「カ子トについて、私が知ってることを話しました。それから、記念館にも、ご案内しました。カ子トが仕事で使った、測量器具が、展示されていますから」

「いつも、カ子トの話をしていたんですか？」

「そうです」

「本当は、途中から、別の話をするようになったんじゃありませんか？」

「そんなことは、ありません」

否定して、黙ってしまった。確かに、寡黙である。

「彼女と、仕事の話ではなく、個人的なことを話すように、なっていったんじゃありませんか？」

「何のことか、わかりません」

「あなたが、彼女と二人だけで、鶴の舞いを舞っている写真が、あるんですがね」

十津川は、例の五枚の写真を、相手の前に並べた。

「これは、誰が見ても、二人で愛情表現をしているとしか思えないんですがね」

と、十津川がいったが、

「これは、鶴です」

と、いう。

「鶴に扮したあなたと、野田花世さんですよね？」

「いや、鶴です」

と、いうのだ。

見かねたように、入ってきた早苗が、カ子トの子を帰してから、

「この写真を見て下さい」

と、一枚の写真を十津川に渡した。

都会の中に立っている男の写真だった。

大きなマスクをかけ、ブルゾン姿である。

「ひょっとして、カ子トの子か？」

と、十津川が、聞くと、

「そうです」

「しかし、ひとりで写っているんでは、事件の参考にならんだろう？」

「写真をよく見て下さい」

と、早苗が、いう。

「ああ」

と、十津川が、肯いた。

「遠くに、小さく見えるのは、スカイツリーか。そうなると、これは、東京で、撮られた写真なんだな。どうして、こんな写真があるんだ？」

「彼は、イケメンで、人気があります。だから、娘たちが関心を持ちます。ここから、東京に出て働いているアイヌの女性もいます。その女性はカ子《ネ》トの子のこともよく知っていて、たまたま東京の下町で、彼を見かけて、写真に撮ったそうです。彼女が、ここにいる仲のいい娘に話したら、すぐ、送ってくれといわれたそうです」

「カ子トの子は、この写真について、どういってるんだ？」

「これを撮った娘は、今月最初の日曜日だといっていますが、カ子トの子は、ここ二カ月間、旭川の外には、出ていないと主張しています」

「写真が、自分だということは、認めているのか？」

「それも、否定しています。これは、自分じゃないし、その日は東京に行ってはいないと、いっています」

「どうして、否定するんだろう。東京に遊びに行って、たまたま、それを写真に撮られても、どうということもないだろうに」

十津川は、首をかしげた。

「私も、そう思うんですが」

と、早苗も、いう。

十津川は、もう一度、写真を見た。

「正確には、どの辺なんだ？」

「浅草雷門の近くだといっています」

と、早苗がいった。

「このあと、君が仲良くなった娘さんたちに会ってみたいね」

と、十津川は、いった。

十津川は、この村の長老に、あいさつしてから、早苗が呼んでくれた三人の娘と会った。

彫りの深い顔立ちの現代的な若い女性である。一人は、写真を撮ったスマホを持っていた。

「カ子《ネ》トの子と呼ばれている若い先生だけどうして、そんなに、注目してるの？」

と、十津川が、聞いた。

「イケメンだから。それに、頭がいい」

「東京から、野田花世という女性が、取材に来ていたことは、知っていますね？」

「ええ。もちろん」

「彼女が亡くなったこともですか？」

「ええ」

「二人の関係を、どう思いますか？」

カ子トの子と花世の写真を見せて、十津川が、聞く。

三人の中の一人が、

「愛です」

と、きっぱりと、いった。

三人とも、十代である。その若い娘が、自信を持って、「愛です」というのだ。二人の姿に、愛を感じていたからだろう。

その愛が悲劇を生んだのだろうか？

第三章　恋人たちの駅

1

　十津川は、今回の事件に、少なからず戸惑いを感じていた。原因は、容疑者の中に、アイヌの青年がいるからだった。十津川は、外国人が犯人の事件を扱ったこともあるし、逆に外国人が被害者という事件を扱ったこともある。

　その時はほとんど捜査に違和感は無かった。それが、今回は戸惑っているのである。

　このことは即ち、日本におけるアイヌの立場に戸惑っている、といっても良いかもしれない。

　彼が自称する呼び名から、まず十津川は戸惑っていた。カ子《ネ》トの子というのは、いかにも呼びにくい。仮に、別に犯人が現れて撃ち合いにでもなった時、そこにあのアイヌの青年が現れたら、どう呼んだらいいのだろうか。

そこでまず、本人の戸籍上の名前を調べ、本人にもその名前で呼ぶことを同意して貰うことにした。その名前とは金子太郎《かねこたろう》である。元々、彼の本名だから別に間違いではないのだ。彼のことを金子太郎と呼べるようになって、十津川は少しホッとした。

何回目かの捜査会議で十津川は、容疑者のアイヌ青年を金子太郎と呼ぶことになったと三上刑事部長に報告した。

「それで、少しは、捜査が進展するのかね？」

と、三上が聞く。皮肉ないい方だった。十津川は内心苦笑しながら、

「今までは、カ子トの子とか小鶴君と呼んでいました。彼の希望とかで、優雅さが出ていていいですが、こういういい方だと妙に、彼との距離を感じてしまいます。それに彼について、変なイメージが出来てしまいます。それが怖いので、これからは金子と呼ぶことにしました。金子太郎と呼ぶことで、普通の容疑者として、見ることが出来るようになる。そう、期待しています」

「今のところ、その金子太郎以外に容疑者はいないのかね？」

と、三上がきいた。

「被害者は、二十八歳独身で大きな旅行会社に勤めていました。男性とのつき合いは、多

かったことも考えられます。その中に容疑者がいるかどうかはまだ、わかりません。というよりも、金子太郎以上の容疑者が、今のところ、浮かんでこないのです」

「金子太郎のアリバイはどうなんだ。彼が六月五日の午後、浅草雷門近くにいたのを見て、知り合いがスマホで写真を撮ったと聞いたが、その点はどうなんだ？」

と、三上が聞く。

「被害者、野田花世が、殺されたのは六月四日土曜日の深夜です。調布のマンションの部屋の中で、背後から刺されて死んでいました。死亡推定時刻は、四日の午後十一時から、十二時の間です。今、刑事部長がいわれた写真ですが、翌六月五日、日曜日の午後、金子太郎が浅草の雷門付近を歩いているところを知り合いの女性が写真に撮ったものです。彼自身は、六月五日に浅草を歩いていたことはなく、北海道の旭川にいたと、証言しています。また、問題の写真というのが、かなり遠くから、撮っているので、間違いなく写真の人間が金子太郎だと断定することが出来ないのです」

「もしこれが、本人だったらアリバイは崩れるのか？」

と、三上刑事部長が聞く。

「彼は、その時、北海道の旭川にいたといっていますから、そのアリバイは崩れます」

十津川は、その写真のコピーを参加者に配った。

日曜日だから、浅草雷門の周辺は、混雑している。写真を撮った若い女性は、金子太郎のファンで、とっさに、スマホで、撮っているのだ。彼にピントを合わせたわけではない。人混みの中の一点でしかない。引き延ばせばボケてしまう。

「確かに、本人と断定するのは、無理だな」

と、三上刑事部長も、いった。

「ただ、この写真を撮った女性は、金子太郎の友人で、ファンでもあるといっています。偶然、浅草の雑踏の中に、彼を見つけて、慌てて、スマホを取り出して撮ったというのです。妙なことに、この写真より、彼女の証言の方が、はっきりしているのです。彼女は、あの時、見かけたのは、金子太郎に間違いないといっています」

「それなら彼には、アリバイは無いんじゃないか」

と三上がいった。

「厳密に考えれば、アリバイは無くなります。今いいましたように、六月五日の午後には旭川にいたと証言していますが、それが嘘で、六月五日の午後、浅草にいたとすれば、前日の土曜日六月四日に、東京の調布のマンションで、野田花世を殺害していたとしても、おかしくないのです。ただ、その写真が果たして金子太郎かどうかがはっきりしませんし、彼の主張も、あまりにも漠然としていて、逆に、前日の深夜に、東京にいたと断定するのも難しいのです。それに、野田花世と、容疑者の金子太郎とは、飯田線を介してつき合いをはじめたわけですが、周辺の人たちに話を聞くと、二人は上手くいっていて、ケンカをしていたとか、殺すほど嫌っていたという証拠は全く無いのです」

「被害者野田花世とアイヌの恋人、金子太郎とは、どの程度のつき合いなんだ？」

と三上がきく。十津川は手帳を開いて、それを見ながら説明した。

「五カ月前後のつき合いと見ています。被害者野田花世は二十八歳。大手の旅行会社に勤めています。そこの企画部の社員です。今年の始め、ＪＲ飯田線が、春の旅行プランを、花世の勤めていた旅行会社に頼み、その仕事で、野田花世とＪＲ飯田線との関係が、出来ました。その時に、花世は、飯田線の建設には北海道のアイヌの力が必要だったという歴史がわかったのです。飯田線というのは元々、小さな私鉄が繋がって出来たものですが、あの辺りは、山や谷が多く、天竜川という急流が走っていて、鉄道の建設は難しかった。そこでその頃、というのは明治から昭和にかけてですが、北海道の広野で測量を仕事にしていた、アイヌの川村カ子《ネ》トという、優れた測量士をわざわざ北海道から呼んできて、今の飯田線の周辺を測量して貰い、やっと開業に持ち込めたんです。今年の始めに、観光客をより多く集めたいという飯田線を使った旅行プランを頼まれた旅行会社の野田花世は、その話に感動したといいます。その測量士は、カ子ト先生と呼ばれ慕われていた。野田花世は、そんな気持ちで飯田線を使った三泊四日の旅行プランを作っているうちに、測量士カ子ト先生の後継者といってもいい、アイヌの青年と、出会った訳です」

十津川は説明を続けた。

「飯田線の仕事を引き受けた野田花世は、単身、飯田線に、乗り込みました。一方、測量士カ子ト先生を尊敬しているアイヌの青年、金子太郎も旭川から出てきて、飯田線の沿線に滞在して、野田花世に協力することになりました。そうして、二人は近づいていった訳です。さいわい、野田花世の大学時代の親友が、現在警視庁捜査一課で、女性刑事として勤務しています。彼女の名前は北条早苗です。おかげで彼女から、野田花世のこと、アイヌの青年のこと、そして二人のことなどがわかってきています。

これは北条刑事の話ですが、二十八歳まで独身だった野田花世が、やっと結婚する気になったみたいで、すてきな男性と出会えたといっていたんです。親友の北条刑事が花世の結婚間違いなしと思ったほど、二人の中は、親密だったと見ていいと思うのです。ただ、被害者、野田花世は、飯田線の旅行プランを決めに、東京から長野に、来ていた訳ですから、仕事の方面のトラブルも、捜査する必要があります。飯田線を使った三泊四日の旅行プランは成功しました。彼女が次に、飯田線でどんなプランを考えていたのか、その一つが最近になってわかりました。そのプランは、今配った用紙に書かれている急行『飯田線秘境駅号』のプランです」

十津川がいい、会議に参加している刑事は、用紙に印刷されたプランに、目をやった。

十津川が、そのプランを説明する。

「現在の鉄道には、さまざまな、鉄道ファンというか、鉄道マニアが存在します。昔だったら飯田線に熱心なファンがつくことは、無かったと思います。殆《ほとん》どの駅が、無人駅で、全線で一九五・七キロあるんですが、そこに九十四もの駅があるんです。そのうえ、特急列車は途中までしか走っていません。鉄道にスピードを求めるだけならば、この飯田線は落第でしょう。今もいったように、殆どの駅が無人駅で、中には駅で降りたら周りが山と川で、駅の周辺しか歩けないような駅もあるそうです。しかし今はそのことも売りになっています。秘境駅と呼ばれて、鉄道ファン、マニアの中には、この秘境駅を、回って歩こうという人もいるのです。亡くなった野田花世は、飯田線に秘境駅が多いことに目をつけて、メモに書きました様に、急行『飯田線秘境駅号』を出すことを提案しました。発案者、野田花世は殺されてしまいましたが、七月一日から、飯田線では、急行『飯田線秘境駅号』を月に一本、上り下りで一往復、それを、飯田線の目玉として、運行することに決まったそうです」

十津川は、その決まった臨時列車の時刻表を参加者に配った。

急行「飯田線秘境駅号」の時刻表である。

豊橋	9:50
新城	10:40
浦川	↓
中部天竜	11:43
大嵐	12:23
小和田	12:48
中井侍	13:03
伊那小沢	13:17
平岡	13:22／13:52
為栗	14:15
田本	14:42
金野	15:00
千代	15:08
天竜峡	15:14

飯田　15：30

これが下りの列車で、上りは次の通りである。

飯田　13：03
天竜峡　13：21
千代　13：32
金野　13：50
田本　14：19
為栗　14：38
平岡　14：47／15：04
伊那小沢　15：17
中井侍　15：27
小和田　15：47
大嵐　←
中部天竜　←

浦川　16：31
新城　↓
豊橋　17：54

　この時刻表を作ったのが、野田花世で、それを、飯田線が採用したとすると、死んだ野田花世がなぜ、このプランを作ったのかということになる。

　この急行「飯田線秘境駅号」のプランは、事件とは関係ないかも知れなかったが、十津川は乗ってみることにした。

　野田花世も、何回か飯田線に乗ってみて、このプランを作ったに違いなかったからである。

　飯田線を挟んで、二人が知り合い、関係が深くなったといわれている。

　しかし、金子太郎は、飯田線に勤めていたわけではない。と、すれば、仕事以外での関係と考えられる。

　花世の方は、何回も飯田線に乗って、プランを固めていったに違いなかった。そんな時、仕事を忘れて、金子太郎とのデイトを重ねていたら、間違いなく非難されるだろう。

　しかし、「飯田線秘境駅号」というプランを作り、そのプランに従って、何回も乗車し、自分の選んだ秘境駅に、停まって、駅周辺を見て廻っても、少しも不自然ではない。それに、たまたま金子太郎が乗る形で、デイトを楽しんでいたのではないのか。

十津川は、北条早苗刑事、亀井刑事を連れて、飯田線のこのルートに乗ってみると何かわかるかもしれないと考えた。

三人は、早朝の豊橋駅から、飯田線の普通列車に乗ることになった。

2

最初は「新城」である。

豊橋から乗って、十二番目の駅である。新城と書いて「しんしろ」と読む。飯田線に多い難読駅の一つといえる。

三人で、降りる。この駅は、まだ長野県ではなくて、愛知県である。愛知県新城市宮《みや》ノ西《にし》が正確な住所だった。

木造モルタルの一見、普通の住宅の感じの駅舎で、秘境駅という感じは全くない。ホームも、三番線まであるし、無人駅でもなく、日中は委託になっていた。三河の嵐山といわれているほどの名所でもある。

新城市の中心にある駅である。北条刑事が駅の写真を撮って、次に来た普通列車に乗り込んだ。

次は「浦川《うらかわ》」駅。二十九番目の駅である。

新城と、この浦川の間には、十六の駅があって、なかなか面白い駅もある。

例えば、二十三番目の「柿平」は、「かきだいら」という駅名も面白いし、森の中の駅だから、秘境駅らしいのだが、新城と同じ愛知県新城市だから、急行「飯田線秘境駅号」の停車駅にしなかったのかも知れない。

「浦川」の方は、静岡県になっていて、浜松市天竜区佐久間町である。

無人駅、木造の駅舎。面白いのは駅前に造られたトイレで、電車の形をしていて、「佐久間町浦川観光トイレ」となっていた。ここも、特別の注意を払わずに写真を撮っただけで、次に移動した。

次は三十二番目の「中部天竜《ちゅうぶてんりゅう》」駅である。

静岡県内唯一の有人駅になっていた。

天竜川が蛇行する所に作られていた。この地方は、木材を筏《いかだ》で運んだという。その木材を利用したのが、王子製紙の工場だそうである。

佐久間ダム建設のために、ここに引込線が敷かれていた。その名残りのように天竜川橋梁のたもとに、工事の「殉職碑」が建立されていた。一九三五年（昭和十年）五月に、中部（なかっぺ）天竜という名が使われたが、今は中部（ちゅうぶ）天竜である。

次は「大嵐」、三十八番目の駅だった。

ここも、難読駅で「おおぞれ」と読む。

ここは静岡県浜松市天竜区水窪《みさくぼ》町である。

対岸の愛知県「富山《とみやま》村」への入口の駅で、旧富山村は日本一のミニ村と呼ばれていた。

とにかく、この駅で降りた時、豪華な駅舎に、十津川はびっくりした。まるで、東京駅を小さくしたような造りなのだ。この立派な駅舎が無人駅なのである。

ここも、ヨーロッパ風の駅舎を見ている限り、秘境駅の感じがないが、次の「小和田《こわだ》」駅に来て、これこそ典型的な秘境駅だと思った。

三十九番目の「小和田」である。

皇太子御成婚のテレビを見た人なら、「小和田」という名前を覚えている筈である。

今から二十五年前の一九九三年（平成五年）の六月九日に、当時の皇太子殿下と小和田雅子様の御成婚があり、同じ字ということで、この小和田駅が全国的に報道され、一躍有名になった。

この駅始まって以来の観光客であふれ、「花嫁号」という臨時列車まで運行されたという。

その時も、すでに無人駅だったが、ブームに合わせて、駅員の配置が復活し、乗車券や入場券が発売されている。

当時の賑わいの名残りのように、駅舎には「いらっしゃいませ」の看板が今も飾られていた。その他「花嫁号」のヘッドマークもあった。

今は、まったくその類《たぐ》いはない。

駅舎も古びているし、御成婚ブームの時に、「愛の椅子」と呼ばれるベンチのあるあずまやも作られ、若いカップルを迎えたのだろうが、ここも朽ちて、雑草が生えている。

駅に通じる道路もなくなった。

十津川が、この駅で降りた時、御成婚ブームの賑わいは完全に消えていた。その代わりに感じたのは、これこそ「秘境駅」だ、ということだった。

「御成婚ブームが、去って、秘境駅ブームがやってきたんですね」

と、北条刑事がいった。

その次の駅が「中井侍」である。

この駅名は、難読というより、面白いというべきだろう。「なかいさむらい」である。

なぜ駅名に「サムライ」が入っているのか、わからないが、ここは、長野県の最南端の駅だった。

ホームに立つと、真っ先に見えるのは眼のくらむような急斜面と、そこに広がる茶畑である。

この辺は、地形が険しく、その上、地殻の変動が激しいといわれ、こわれたトンネルも眼に入った。もちろん無人駅である。

この隣が、「伊那小沢《いなこざわ》」駅である。

寂しい感じの駅だが、貨物が取り扱われていたので、駅の構内は広い。今も、貨物を、停めておいた保線区が残っていた。

ホームに立って、天竜川をまたぐ恰好でコンクリートの水神橋《すいじんばし》を見ることが出来る。ここも無人駅。無人駅は秘境駅の予備軍かも知れない。

次の「平岡《ひらおか》」駅は、急行の停まる四十三番目の駅である。

ここも、無人駅だが、秘境駅の感じはなかった。とにかく駅のまわりに村役場や学校があって、賑やかなのだ。特急「伊那路《いなじ》」の停車駅でもある。

七月から走る急行「飯田線秘境駅号」の時刻表では、ここで三十分間の停車になっているから、秘境駅ではなく、他の理由で、時刻表に載せているのだろう。近くに、平岡ダムのあることを確認。

次は「為栗」。これは完全に難読駅である。「してぐり」と読む。

このあたりから、標高が高くなり、この為栗駅も、標高三一九メートルである。秘境駅らしくなってくる。

駅前に見える天竜川と、それにかかる長い吊り橋が、更に秘境駅の雰囲気を作っていた。赤い吊り橋も駅近くにあるわけではなく、離れたところにかかっている。これだけだと、典型的な秘境駅だが、駅から歩いて七、八分のところにキャンプ場、テニスコートが作られ、食事も出来て、逆に秘境駅らしくなくなってきていた。

ところが、次の「田本《たもと》」駅は、いかにも秘境駅らしい。豊橋から四十六番目である。使いにくいことが、秘境駅だとすれば、この駅ほど、使いにくい駅はないだろう。

駅の前後がトンネル。ホームの裏はコンクリートの壁、前は天竜川に向かう断崖である。民家もなく、平地もない。

駅から出る細い道があるが、自動車も自転車も通れそうになかった。そのためか、この田本は、小和田と並ぶ秘境駅だという。ここも、もちろん無人駅で、標高三四六メートル。

四十九番目は「金野《きんの》」駅である。

前の「田本」と同じく、山の斜面に建てられた感じの駅で、標高は更に高く、三八四メートルである。

ホームに立つと、文字通り何もない駅である。

住所は、長野県飯田市である。飯田市内なのに、民家が一軒も見えないのだ。

次は「千代《ちよ》」駅。標高は三八〇メートル。無人である。ここも飯田市内だが、駅周辺は、閑散としていた。

昔は、天竜川で採る砂利の積み込み駅だったといわれる。今は、その作業はなくなっているので、その設備は朽ち果てていた。

次は五十一番目の「天竜峡」駅。

ここは、誰が見ても、秘境駅には見えない。長野県を流れる天竜川は重要な観光地だが、この天竜峡駅は、その基点である。天竜下りで有名で、客が殺到し、それに負けないように、駅舎も、小さいがモダンな造りである。

観光客相手に、駅周辺には、旅館、ホテルが林立している。

現在「名勝天竜峡温泉」として、宣伝していた。

十津川は、ここまで来て、天竜川には二つの川下りがあることに気がついた。

天竜舟下りと、天竜ライン下りである。

天竜舟下りは、飯田市内の弁天《べんてん》港から、時又《ときまた》港までの三十五分。スピード感あふれた急流下りが売り物である。

天竜ライン下りは天竜峡駅近くの天龍峡温泉港から、唐笠《からかさ》港までの五十分。こちらはゆるやかな流れを、船頭さんの投網《とあみ》を見ながらの、ゆっくりの下りである。

最後は、「飯田」駅。豊橋から、丁度六十番目の駅である。

急行「飯田線秘境駅号」の終点である。

伊那谷《いなだに》三大都市の中心駅だから、大きい。正確にいえば、飯田市の玄関の駅である。もちろん駅員がいる。標高五一二メートルになり、段丘上に市街が展開している。

三人は、駅を出てみた。信州の小京都と呼ばれるだけに、美しい市街である。市内に交差点があった。信号がある。

十津川は、しばらくぶりに交通信号を見た気がした。

一九四七年（昭和二十二年）に、大火があって、市の大半が焼失してしまった。再建には道路幅を広げた。防火道路である。その中央分離帯に、中学生がリンゴの木を植えた。それが今はリンゴ並木になっていた。

十津川たちは市内のカフェで、ひと休みをしたが、その時、十津川は、二人に質問した。

「ここまで、急行『飯田線秘境駅号』に従って、調べてきた。私は、野田花世が、頼まれた仕事のためだけで、この秘境駅を選んだとは思えない」

「金子太郎とのデイトに使ったということですか？」

と亀井が聞く。

「そうだよ。取材なら、彼と二人、何回乗っても、何もいわれないだろう」

「そうですね」

「電車の中は、他の乗客もいるが、途中駅で降りれば、二人だけの世界も楽しめる。駅の雰囲気も大事だ。それに、あまり乗客の降りない駅がいい。そう考えて、野田花世が、選んだ駅が、わかるか？」

「この秘境駅号が、停車する駅の中でですね？」

「もちろんだよ。仕事兼デイトだから」

「警部がいう条件を考えると、私は、小和田だと思います」

と、早苗は、ニッコリした。

「カメさんは、どう思う？」

十津川は、亀井刑事にも聞いてみた。

「私も、ひとりでなら、何もない田本駅で降りたいですが、彼女と二人なら、やはり、小和田駅ですね」

と、亀井が答えた。

「私も、小和田だ。帰りに、もう一度、小和田に降りてみよう。何かわかるかも知れない」

最後に、十津川が断を下した。

ひと休みしてから、三人は、飯田駅に戻った。

普通列車に乗って、小和田駅に向かう。

「小和田駅は、確か、無人駅でしたね」

と、車内で、亀井刑事が、いう。

「そうだよ。それに乗り降りする乗客も、少ない」

十津川が、いう。

「そうすると、二人が、時々、小和田駅で降りていたとしても、それを証明するのは難しいですね」

「金子太郎に聞けばいいと思いますが」

と、北条刑事が、いう。

「しかし、彼は、容疑者だからね。彼の証言は簡単には、信用できないよ」

と、亀井が、いった。

「最後になれば、小和田駅の全ての場所から、指紋を採ればいい」

と、十津川は、いった。

小和田駅に着き、三人は、列車から降りた。

今日、二度目の小和田である。

十津川たちの他に、ここで降りる乗客はいなかった。

すでに、夕刻である。駅舎の中は、明りが点《つ》いていたが、駅の周辺は暗くなっていた。

十津川は、まず、駅舎の中の落書きを探した。

落書きは、あった。

どこにでもある、傘の中に男女の名前を書いたものも、見つかった。

飯田線側も、駅舎の壁などの落書きは、もう消さないのだろう。秘境駅の中の落書きは、すでに、一つの財産だと、考えているのかも知れない。

しかし、野田花世や金子太郎、或いはカ子《ネ》トの子、さらに、小鶴といった落書きは見つからなかった。

アイヌの紋様まで、探したのだが、それも見つからない。

少しばかり気落ちした。これでは、鑑識に頼んで、この駅の全ての場所から、指紋を採って貰うより仕方がないと、まじめに十津川が考え始めた時、突然、北条刑事が、何か叫んだ。

「見つかったのか？」

と、聞くと、彼女は、埃にまみれた大学ノートを、一冊抱えて、持ってきた。

「これが、隅の暗がりに隠してありました」

と、北条刑事が、いう。

大学ノートの表紙には「私の思い出」とある。よくある駅の思い出ノートのようである。

「隠してあったのか？」

改めて、十津川が、聞いた。

「そうとしか思えません。ベンチのうしろの隙間にわかりにくいように、隠されていました。多分、誰かが、個人的に連絡手段として使っていたんだと思います」

「それに、二人の名前は、のっているか？」

「古い月日のところには、全くのっていませんが、最近のところは、殆《ほとん》ど、二人だけです。明らかに、二人は、このノートを自分たちの連絡簿として、使っていたんです」

と、早苗は、少しばかり、甲高い声を出した。

ホームに行っていた亀井刑事も、戻ってきた。

三人で、思い出ノートを調べていく。

早苗のいった通り、初めの方のページに書かれているのは、筆跡もばらばらな、平凡な文章と、言葉だった。

今日、久しぶりに、小和田駅に来た。ここにくると、やっぱり君のことを思い出してしまう。君は、今、何処で何をしてるんだ。もう一度会いたい。

五年前の思い出の男

二十五年ぶりに、夫婦で、来ました。今年はご成婚二十五年というから、僕たちも、結婚二十五年になるのだ。よく続いた。東京に帰ったら、お祝いしよう。

二十五年の夫婦

来たよ。間違いなく、秘境駅だ。落書きしてやった。来年も来るつもりだから、消さないでくれ。

健児

そんな言葉が、並んでいるのだ。
それが、最近のページになると、二人の名前だけになる。

小鶴、太郎、カ子《ネ》トの子
花世、花、野の花

この二人である。他の人間の名前はなくなるから、この二人で、思い出ノートを、連絡用に、使っていたのだ。

今日、最終まで、小和田で待っていたのに、君は来なかった。どうしたんだ。おれ泣くよ。

太郎

ごめんなさい。
昨日、秘境駅のことで、飯田支社で会議があって、抜けられなかった。今度、お詫《わ》びにおごる。食べたいもの教えて。

花世

おれ、好きだよ

私も好き
よかった
鶴　花鶴

君にいわなかったが、旭川に、未来を見通せる老人がいる。シャクシャインの再来といわれた老人だ。おれと君のことを占って貰った。彼は、素晴らしい二人になると祝福してくれたが、君に一つだけかけていることがある。それが消えれば幸福が持続するが、消えなければ、幸福も消えるといわれた。
何か心配があるのなら、話してくれ
カ子《ネ》トの子

このすぐあと、野田花世は、何者かに殺されてしまう。そのあとも、金子太郎は、このノートに、書きつけていた。

多分、飯田線の関係者に、自分の悲しみをぶつけることが出来なくて、このノートに、書きつけていたのだろう。

おれの花世が、死んでしまった。

いや、殺されてしまった。おれも泣く以外は何も出来ない。

悲しい。悔しい。おれもシャクシャインの子孫だ。必ず犯人を見つけ出して、なぜ彼女を殺したのか、なぜ、おれの幸福を奪ったのか、それを聞いてから殺してやる。

金子太郎

警察は、おれを疑っている。構わない。

昨日は、地元の警察で十二時間、続けて、訊問された。平気だ。

おれが、疑われれば、真犯人は安心して、油断するから、見つけやすくなる。

たぶん、お前は、おれが疑われているので、笑っているだろう。

だが、必ず見つけてやるぞ。

待っていろ。

金子太郎

3

　十津川は、この大学ノートを捜査本部に持ち帰って、捜査会議で、明らかにした。

「もし、このノートに書かれた金子太郎の言葉を信じれば、金子太郎は、犯人ではありません。しかし、逆に金子が怪しいと見ることも可能です。金子が犯人で、このノートが発見され、警察が調べるのを見越して、この言葉を書きつけていたのかも知れませんから」

「しかし、ノートは、小和田駅の駅舎に隠されていたんだろう？　警察に発見して貰いたいのに、なぜ、隠していたんだ？　おかしいじゃないか？」

　三上刑事部長が、当然の疑問を口にした。

「金子太郎が、真犯人としての考えですが、簡単にノートが発見されてしまうと、警察は、逆に、自分を疑うかもしれない。多分、そう考えて、わざと小和田駅のベンチの奥に、隠しておいたのだと考えます。隠されていたのを発見された方が、警察は、中身を信用すると思ったことになります」

「これから、この思い出ノートを、捜査に、どう生かすつもりだ？」

　と、三上が、聞く。

「しばらく、このノートが発見されたことは黙っていようと思っています」

「金子太郎の反応を見るのか？」

「このノートに書き込み、小和田駅に隠したのが金子太郎だとすれば、無くなったことに最初に気づくのは、彼の筈だからです。それに気づいたら、彼がどんな反応を見せるのか。それを、見てみたいのです」

「他には？」

「ここに書かれているのが、本当に金子太郎のものか、まず筆跡鑑定をする必要があります。真犯人がいて、金子太郎を疑わせようとして、こんな芝居をしたのかも知れませんから」

と、十津川は、いった。

翌日から、それを十津川は実行した。

思い出ノート発見の発表は、全くせず、金子太郎と、野田花世二人の筆跡鑑定をした。

科捜研に協力を要請する。

二日目に結果が出た。思い出ノートに書かれた文字は、金子太郎、野田花世二人のものに間違いないという結果だった。

三日目に、旭川から、二日ぶりに姿をあらわした金子太郎の目つきがおかしくなった、という情報が入った。

明らかに金子は、小和田駅に行って、ノートが無くなっていることに気づいたのだ。そして警察が見つけて押収したのではないかと、疑っているのだ。

それでも、十津川は、しばらく、ノートのことは黙っていることにして、北条刑事に、金子に会いに行き、様子を見てもらうことに決めた。

一番の問題は、金子太郎以外に、容疑者がいないことだった。

それでも、十津川は、金子太郎が真犯人の可能性は五十パーセントだと思っていた。

その理由を、三上刑事部長に聞かれると、十津川は、こう答えた。

「被害者は、二十八歳の大人です。つき合っていた人間は多い筈です。それなのに、金子太郎しか容疑者として浮かんでいないのは、おかしいと思ったのです」

「それで、五十パーセントか？」

「そうです」

「北条刑事は、被害者野田花世の大学時代の親友だったな？」

「そうです」

「彼女は、どういってるんだ？」

「不思議だと、いっています。金子太郎しか容疑者が浮かんで来ないのは、おかしいと」

「それなら、金子太郎が、犯人だということじゃないのか？」

と、三上が、いった。

「その可能性もありますが、何となく、それでは、おかしいという気がするんです」

と、いうより仕方がなかった。

北海道から帰ってきた北条早苗刑事が、十津川に、いった。

「金子太郎に会ったら、いわれました。警察は、何か隠しているんじゃないかって」

「それで、何と答えたんだ？」

「何も隠していないと、答えておきました」

「それで、君は、どう思っているんだ？　金子太郎が、犯人だと思っているのか？」

と、聞くと、早苗は笑って、

「三上刑事部長に、いわれたんですね？」

「刑事部長は、君も、金子太郎が犯人だと思っていると、いったよ」

「あれは、嘘です」

「嘘なのか？」

「三上刑事部長が、顔を合わせる度に、金子太郎しか容疑者はいないんだろう、彼が犯人だろうと、しつこくおっしゃるので、面倒くさくて、そうかも知れませんと、いったんです」

「私は、金子太郎が犯人の可能性は、五十パーセントだと思っている」

「私も同じです。ただ、それなのに、他に容疑者がなぜいないのか、不思議で仕方がありません」

「私は、その点を、こう考えたんだ。普通なら、容疑者が何人も浮かんでくるのに、なぜ、出て来ないか。それは、野田花世に、誰も知らない秘密の部分があったからじゃないのか」

「私も知らない秘密ですか？」

「そうだよ。先日、小和田駅で押収したノートに、金子太郎が、こんなことを書いていたじゃないか。彼女には、自分に話してくれない心配があるのではないかと」

「そうでした。私も、その部分が、気になったんですが」

「彼女は、それを、恋人の金子太郎にも、打ち明けなかった。その部分で、今回の殺人が行われたとすれば、容疑者が、浮かんで来なくても、不思議ではない」

「でも、彼女は、もう死んでしまっています。聞くわけにはいきませんが」

「彼女は、東京の人間で、飯田線の仕事でやってきて、アイヌの金子太郎と知り合った。

その金子が、彼女について、秘密の部分があると、悩んでいたんだ」

「そうすると、今までも、そのことに、花世は、悩んでいたことになりますね？」

「そうだ。だから、飯田線で旅行プランを考えている時、何か不思議な行動をとっていたことはないか、調べてほしい」

と、十津川はいった。

それから一週間。

北条刑事が、十津川に、一つのニュースを持ってきた。

「飯田線が、七月から始める急行『飯田線秘境駅号』の臨時列車の件ですが、今まで、花世が、プランを作り、それを、飯田線が採用したものとばかり、思っていたんですが、違っていました」

と、早苗は、いうのだ。

「しかし、野田花世が、その臨時列車のプランを作って、取材を兼ねて、あの時刻表通りに、何回も乗っていたんじゃないのか。仕事とデイトを兼ねてだ」

「そうなんですが、花世はその案を正式には飯田線には提出していないんです。ただ、彼女の案を参考にして、飯田線独自の臨時列車プランを作ったといっています」

「しかし、どこが違うんだ？」

「花世が、考えて、結局、飯田線側にも提出しなかった時刻表を貰ってきましたから、見て下さい」

と、早苗は、取り出して、十津川に、見せた。

パソコンで、打たれていた。

十津川は、それを、じっと見つめた。

急行「飯田線秘境駅号」案と、なっていた。

豊橋
三河一宮
新城
浦川
中部天竜
大嵐
小和田
中井侍
伊那小沢

平岡
為栗
田本
金野
千代
天竜峡
飯田

十津川は、ぱっと見て、

「何だ、同じじゃないか」

と、いった。同じ駅名が、並んでいると思ったのだ。

「よく見て下さい。一カ所だけ違います」

と、北条刑事が、いう。

確かに、よく見ると、一カ所だけ違っているのが、十津川にもわかった。

七月から、飯田線を走る急行「飯田線秘境駅号」の時刻表と比べると、停車する駅名が、ひとつだけ、こちらの方が多いのだ。

その駅名は、

三河一宮

だった。

なぜ、この駅の名前が、加えられているのか？

なぜ、死んだ野田花世は、自分の作ったリストには、三河一宮を入れておきながら、彼女の案を参考にして作られたと思われる飯田線リストには、三河一宮が抜けているのか？

しかも、野田花世は、自分のつくった秘境駅のリストを契約した仕事として、飯田線に提供していない。

「三河一宮を入れたリストは、野田花世が自分のために利用するつもりで作ったんだと思う」

と、十津川が、いった。

「金子太郎にも、同じリストを見せていたと思うんだが、彼には、もっぱら、小和田駅が、本当の秘境駅だといって、三河一宮には、降りさせなかったと思うね」

「金子太郎は、なぜ文句をいわなかったんでしょうか？」

「当たり前だよ。誰が見たって、三河一宮は、普通の駅で、小和田は、典型的な秘境駅だからね」

「これから、どうしますか？」

「まず、問題の三河一宮駅に降りてみようじゃないか」

と、十津川は、いった。

第四章　三河一宮駅《みかわいちのみや》

1

十津川は、亀井と北条早苗刑事の二人を連れて、とにかく三河一宮駅に行ってみる事にした。

始発駅の豊橋から乗ると、三河一宮駅は七つ目の駅である。豊川市街にある、洒落た構えの駅で、とても、秘境駅とはいえない造りである。先日、三人で行った小和田駅は、駅の周辺が荒廃していて、飯田線を使う以外に行く術《すべ》が無い。そのうえ、定期的に小和田駅で乗り降りする人間がゼロになってしまった文字通りの秘境駅だった。現在、秘境駅の人気投票をすると、小和田駅は全国二番目だともきいていた。

その小和田駅に比べると、三河一宮駅は全く秘境という感じは無い。したがって、殺された野田花世が、自分の作った「飯田線秘境駅号」プランにこの駅を入れたのは、全く個人的な理由からだったに違いなかった。何か、特別の理由があって秘境駅シリーズの中に入れたのだろう。

この三河一宮駅近くに砥鹿神社がある。野田花世が、そのことを、しきりに口にしていたと、親友だった北条早苗がいった。駅の構えも、何となく神社風である。

十津川は、この神社が、どういう神社なのか知らなかったが、五月には、流鏑馬が開催され、観光客で賑わうというから、かなり有名な神社なのだろう。

北条早苗刑事が、

「何年も前の話になるんですが、構いませんか」

と、聞く。

「何年前の話なんだ」

と、亀井が聞き返した。

「私と花世が大学生だった時代の話ですから七、八年前の話です」

「その位なら我慢できる。事件の参考になるんなら、喜んで聞くよ」

十津川が応じた。

駅の近くにカフェがあったので、そこに入り、コーヒーを飲みながらゆっくり、北条早苗刑事の大学時代の話を聞くことになった。何しろ、七、八年前のことなのだ。

「彼女は、大学三年の頃からだと思うんですが、日本の神話に関心を持ち始めたんですよ。特に出雲神話です」

「彼女は、大学では文学部だったんだろう？」

「そうです」

「それなら、日本の神話に関心を持つのも、別に珍しくはないな。ただ、なぜ古事記とか日本書紀ではなく、出雲神話だったんだろう？」

十津川が聞いた。

「古事記や日本書紀の話と、出雲神話は、同じ出来事でも微妙に違っているからだと、いっていました。同じ事が書かれていても、読んでみると、感じが違うんだそうです。特に彼女が興味を持っていたのは、古事記と日本書紀にも書いてある国譲りの神話だと、いってました。ある時、天照《あまてらす》の国から使いが来て、出雲の支配者だった大国主命《おおくにぬしのみこと》に、『お前の国をこれから私に譲れ。私が出雲の国を治める』といったと古事記には書かれています。そのあと、色々と話し合いが続けられた後、大国主命の子供の事代主神《ことしろぬしのかみ》が天照に出雲の国を譲って、事代主神は亡くなり、大国主命は、出雲大社に入ってあの世を治める事になり、天照が現実の出雲の国を治める事になった。そう書いてあるんです。花世は、それが、どうにもおかしいというんですよ。大国主命や息子の事代主神らが一生懸命になって、出雲の国を建国した訳です。有名な国引きの神話というのがあって様々に離れていた島や国を、出雲の神々が一生懸命に引っ張ってきた。そして、出雲の国を大きくしていった訳です。その国を天照に譲れといわれて、簡単に譲ってしまったというのは、どう考えてもおかしい。古事記や日本書紀によると、色々ともめたが結局、大国主命も子供の事代主神も天照に国を譲ってしまった訳でしょう。花世にいわせれば、そんな筈は無い。第一、出雲神話には、そんな話はのっていない。だから、大国主命も事代主神も国を譲れといってきた天照の神々と、戦った筈だ。そう、いうんです」

「それで、野田花世の疑問は、実証されたのか？」

十津川が聞いた。

「これも、花世の受け売りなんですが、長野県の中央の方に諏訪湖《すわこ》があります。そこに、上諏訪神社と下諏訪神社があります」

「そのことなら、私も知っている。確か、丸太に乗って、急坂をすべり降りる勇壮な祭りを、テレビで見たことがあるよ」

と、亀井が、いった。

「その上諏訪、下諏訪神社です。正しくは上社《かみしや》、下社《しもしや》と、いうそうです。出雲から遠く離れているし、名前も出雲神社ではありませんが、この二つの神社を調べてみると、上社の祭神は、出雲の大国主命の息子の建御名方神《たけみなかたのかみ》で、下社の祭神は、その后《きさき》の八坂刀売神《やさかとめのかみ》です。それを、彼女は、不思議だといい、私も、おかしいと、思った記憶があるんです」

「出雲から離れた諏訪にある神社の祭神が、大国主命の息子と、その后というのは、確かに、不思議だね」

と、十津川も、いった。

「普通に考えれば、大国主命と同じように、出雲大社か、出雲地方の神社に祀られるわけでしょう。それが、なぜ、長野の神社の祭神になっているのか、私も不思議な気がしますね」

と、亀井もいった。

「これも、花世の受け売りですが、上諏訪神社と下諏訪神社に、大国主命の息子とその后が祀られているという事は、国譲りがこじれて戦争になり息子の建御名方神は延々と出雲の国から戦いながら、諏訪湖まで、逃げてきたんじゃないか、そうして諏訪湖の近くで亡くなってしまった。それを悼《いた》んで、出雲大社とは違う名前の、上諏訪、下諏訪神社にその后と一緒に祀られた。これを『諏訪信仰』というのだそうです。ですから、古事記・日本書紀をそのまま信じれば、出雲の国は天照の国に併合されてしまい、大国主命とその子、事代主神の二人は出雲大社に祀りあげられ、現実ではないあの世を治めている事になってしまいます。それが事実と違うので、いまだに信仰の厚い上諏訪・下諏訪、両方の神社に大国主命の息子の建御名方神と、その后が祀られているという事なんですよ。九州の『おくんち』で有名な長崎の諏訪神社も、調べてみると祭神は大国主命の息子の神様が祀られているんです。これも間違いなく、諏訪信仰の表れだと、花世はいっていました」

「野田花世は、大手の旅行会社に就職して、企画部で働いていた。その仕事の上でも、君がいった、彼女のプライベイトな勉強は、役立っていたんだろうか？」

それに対して、早苗がいう。

「出雲地方を走っている木次《きすき》線という鉄道があって、神話列車ともいわれる『奥出雲おろち号』という観光列車が走っているんですが、そのコマーシャルを考え、採用されています」

「どんなコマーシャルなんだ？」

と、十津川が聞いた。

「君が覚えているのなら教えてくれないか。事件の参考になるかもしれないからね」

と、亀井もいった。

「こんな、短いコマーシャルでした」

と、北条早苗刑事が考えながら、そのコマーシャルを披露した。

出雲神話の世界に遊びたい人は、
三段式スイッチバックを体験したい人は、
どちらも木次線の
「奥出雲おろち号」に乗ってみて下さい

「これが、旅行会社での彼女の最初の仕事だと聞いています。花世は、今回の飯田線を使って神話の世界の旅行プランを作ろうと思っていたと思うんです。飯田線の終点は辰野ですが、その少し先に諏訪湖があります。くどくなりますが、上諏訪と下諏訪の両方の神社の祭神は、大国主命の息子の建御名方神と、その后です。花世が大学時代から興味を持って調べていた、出雲神話を中心とした日本の神話の世界と、それに旅行会社の宣伝文句ともぴったり符合するんです。ただ、飯田線の終点は辰野で、諏訪湖や上諏訪神社下諏訪神社もその先にあって、普通に考えれば、飯田線とは関係がありません。そこで、彼女は考えたんだと思います。飯田線には九十四もの駅がある。そのほとんどが無人駅で、木次線と同じように飯田線の周辺には日本神話に出てくる神社や石組みなどがあり、諏訪湖に近い上諏訪・下諏訪神社は、終点の辰野からは離れているが、他にも出雲神話にからむ駅はあるんじゃないのか。そうやって調べていて、三河一宮駅が見つかったんじゃないかと思うんです。駅の近くに、砥鹿神社があります。五月の流鏑馬《やぶさめ》神事でも有名ですが、確かこの砥鹿神社の祭神が大国主命である、彼女はその事を知って、わざと飯田線の秘境駅の中に、秘境駅ではない三河一宮駅を入れたんだと思うのです」

三人は、北条早苗刑事のそんな説明を聞いた後、カフェを出て、問題の砥鹿神社に向かって歩いて行った。

駅からの距離は、歩いて数分だった。社務所で聞くと、この砥鹿神社の祭神は間違いなく出雲の大己貴命《おおなむちのみこと》、大国主命である事がわかった。

「確かに、北条刑事のいうように、出雲の大国主命かその息子の建御名方神は、天照の神々と出雲王国をかけて戦い、とうとうこの地まで逃げて来て、この辺で亡くなったんだ。だからここに誰かというよりも出雲の何百といる神々が、力を合わせて大己貴命を祭神とする砥鹿神社を建てたに違いない。花世は、そんな風に考えたんだと思いますね」

と、亀井がいう。

「亡くなった野田花世も、結構忙しかったんだね」

十津川は感心したように続けて、

「何しろ、仕事として急行『飯田線秘境駅号』というプランを作って、列車を乗り回して秘境駅第二位の小和田駅では、金子太郎と遊び、自分の趣味の神話の方では豊橋のすぐ近くの三河一宮駅に来て、砥鹿神社で大学時代からの関心の対象だった出雲神話のヒーロー・大国主命について空想を楽しんでいたんだろうね。ここまではわかるが、それならそんな彼女を殺したのは一体誰なんだろう？」

と、十津川は想像を伸ばしていった。

駅には大学ノートは置いていない。従って、花世の動き、犯人の動きもわからない。しかし、犯人は、多分この駅と砥鹿神社の間のどこかで、野田花世を見つけたに違いない。だが誰がなぜ殺したのかがわからないのだ。それをまず第一に知りたい。

三河一宮の駅周辺や、砥鹿神社の境内で事件解決の参考になる物は、なかなか見つからなかった。

十津川は、最初、小和田駅で見つかった「思い出ノート」の様な物が、三河一宮駅でも見つかるのではないか、そうすれば、捜査はいっきに進展すると期待したのだが、どこを探しても、「思い出ノート」は見つからなかったし、砥鹿神社にもそんな物は置いていなかった。

十津川は、砥鹿神社の中央の本殿まで来て、

「あそこに、絵馬がずらりと並んでいるが、どんな事が書いてあるのか、ちょっと見てみたいね」

といった。

「それ、禁止じゃありませんか？」

亀井が笑いながら、いう。

「それは、捜査の参考にするからと、後で社務所へいっておこう。その前にまず、絵馬にどんな事が書かれているかを知りたい」

と、十津川は頑固にいった。

本殿の前に、絵馬を飾る柵を並べたような造りがあり、そこに絵馬がずらりと並んで結び付けてあった。

十津川は自分から絵馬を一枚ずつ裏返して見ていった。書かれているのは短い文章だが、それでも時間が掛かる。

二人の刑事も、もちろん手伝ったが、それでもなかなか進まなかった。

「全部調べるつもりですか？」

と、亀井が、聞く。

「せっかく三河一宮の砥鹿神社に来て、絵馬を見つけたんだ。だから、全部拝見しようじゃないか」

少しばかり、怒ったような口調で十津川がいった。

大の大人が三人で、他人の書いた絵馬を一枚ずつ調べていくのである。捜査の一つ、と思ってもやはり何となくみっともないし後ろめたい。それでも、探している物はなかなか見つからなかった。ほとんどの絵馬の願い事は受験の合格祈願や、家族の健康か、恋愛である。いっこうに、野田花世の名前は、見つからなかった。

「なかなか、野田花世が書いた絵馬は、見つかりませんね」

亀井がいうと、十津川は、

「私が探しているのは、野田花世の名前じゃないんだよ。別の人間の名前と、何が書いてあるかを見ているんだ」

「それは一体、どんなものですか」

と、亀井が聞く。

「簡単だよ。野田花世を殺したい男の書いた絵馬だよ」

それでも、何となく曖昧《あいまい》で漠然としている。十津川自身、見つけたいものが何なのか、どんな形のものなのかわからないのだ。それでも三人で一休みした後、再び三カ所に分か

れて、一枚ずつ絵馬を調べていった。突然、北条早苗が、

「あっ」

と、声をあげた。

「大丈夫か？　疲れたら休めよ」

十津川がいうと、

「見つけたんですよ！　とうとう、見つけました」

と、北条早苗刑事が大きな声をあげた。

十津川と亀井が彼女の傍に近寄って、彼女が掴んでいる絵馬に書かれているマジックの文字を読んだ。

N．Hお前をとうとう見つけたぞ

もう逃がさない

K．N

それには、今年の元旦の日付があった。

「N．Hはたぶん、野田花世でしょう。よく彼女は、大学時代からN．Hというサインを

使っていましたから」

と、早苗がいった。

「そうすると、K・Nは」

「犯人でしょうね。どんな人間ですかね」

と、亀井がいった。

「たぶん、こういう書き方の好きな男なんだよ」

十津川がいった。

「ストーカーでしょうか」

と亀井。

「北条刑事はどう思う？」

と、十津川が聞いた。

「単なるストーカーの様には思えません」

と、早苗がいった。

「どうしてそう思うんだ」

と、十津川が聞く。

「文章が短くて、べたついていません」

早苗が、そんないい方をした。

「よくわからないんだが」

と、亀井がいった。

「このK・Nは、野田花世をずっと捜していたんだと思います。そして、やっと見つけた。だから、『とうとう見つけたぞ』と書いた。普通なら、そこに延々と脅しの文句を書くはずです。K・Nがストーカーだったらです。しかし、短くしか書いていません。このK・Nはそうしていないんです。やっと見つけたというのに、たった三行ですよ。従ってK・Nはストーカーではありません。今回の殺人事件はストーカーの犯罪ではなかった。それがわかって正直、私は少し、ほっとしました」

と、早苗がいった。

「それでは、北条刑事はK・Nはどんな人間だと思うのかね」

十津川が聞いた。

「正直にいって、よくわかりません。ただ、私は花世からこんな話を、聞いた事があるんです。自分は今でも日本の神話、特に出雲神話に興味を持っていて、時々、自分の考えを研究会の会報に寄稿したりしてきた。その時賛成してくれる人もいれば、反対する人もいる。特に反対の中で、変に延々と討論をぶつけてくる人がいる。私は、楽しんで書いているんだし、楽しんで、神話の世界を旅している。それに対して、変にからんでくる人がいる。勝ち負けを争う人がいると、自分まで、暗い気持ちになってきてこまる。そんな事を私に、いっていた事があるんです。それを考えると、このK．Kは花世の考える神話の世界に対して、勝ち負けを挑んできた人間ではないか。それが高じて怒りが重なり、とうとう、野田花世を殺してしまったのではないかと、考えるんです」

と、早苗はいった。

十津川は、絵馬にK．Nが書いた文字、

N．Hお前をとうとう見つけたぞ

もう逃がさない

K．N

を、スマホで写した。本来なら実物の方を貰っていきたいのだが、何といっても神社に奉納されたものである。それは我慢する事にした。

そんな事をしている内に、十津川の電話が鳴った。相手は、金子太郎だった。

「今、旭川から東京に来て、調布の捜査本部を訪ねたのですが、十津川さんがいらっしゃらなかったので。何とかお会いしたいのですが」

と、金子太郎が、いった。

「こちらもお会いしたいですよ」

「どこへ行ったら十津川さんに会えますか？」

「私は今、飯田線で事件の捜査をしていたんです。これから東京へ帰るつもりなんだが、野田花世のマンションを知っていますか？」

「知っています。確か、三回行った事があります。調布のマンションでしたね」

「私も、これから東京に戻って、念の為に調布の彼女のマンションを見に行く。そこで会いたい。それでいいですか？」

と、十津川が聞いた。

「もちろん、結構です。たぶん私の方が先に行っていると思います」

と、金子がいって電話を切った。

2

十津川は、電話の相手の事を亀井と早苗に告げてから、まっすぐ、東京に戻る事にした。

豊橋に出て、豊橋から新幹線こだまで東京へ。東京から新宿に出て、京王線で調布に向かった。

調布のマンションで、野田花世は、六月四日の夜に、白いパジャマ姿の刺し殺された死体で発見された。死亡推定時刻は二十三時から二十四時の間。

京王線を調布で降り、問題のマンションに着いた時には、すでに日が暮れていた。マンションの最上階、十階までエレベーターで上がる。その1号室、角部屋である。金子太郎は、電話で、いった通り先に来て、部屋のドアの前に立って、待っていた。

十津川は、東京に着いた後、亀井刑事を、三上刑事部長への報告に行かせ、こちらに来たのは北条早苗刑事と二人だった。

「お腹が空《す》いたでしょう」

十津川が声を掛けた。

「少しばかり、空きました」

「お待たせしたので、私がおごりますよ。ただ、この時間だとこの辺の店はもう、閉っているでしょうから、駅近くのカフェでもいいですか」

と十津川がいい、彼を誘って北条刑事と駅近くのカフェに足を運んだ。

食事が済んだ後でコーヒーを飲みながら、十津川が金子に向かって、

「急行『飯田線秘境駅号』に乗って、秘境といわれる駅に行って来た。その中で一番秘境駅らしかったのは、小和田駅です。そこにあった大学ノートで、あなたの言葉を読みました。もう一つ関心があったのは、三河一宮駅でした。この駅近くの砥鹿神社が、問題でした」

十津川は、その砥鹿神社の絵馬の写真を金子太郎に見せた。

「この絵馬を見た事がありますか。それから三河一宮にある砥鹿神社に行った事がありますか？」

金子は写真に目をやってから、

「この絵馬も、砥鹿神社の事も初めて聞きました。ただ、亡くなった花世が、大学時代から日本の神話について関心を持っていて、飯田線に一緒に乗っていた時も、それらしい話をしていた事は覚えています」

と、いった。

「あなたは出雲神話とか、古事記とか日本書紀について興味を持っていないんですか？」

「もちろん、興味は持っています。私も、アイヌの神話について関心があるので調べていますが、その内に世界的な視野から、日本の神話とアイヌの神話とどこに接点があるのか調べてみたいとは思っています。彼女が関心を持って調べていた事も知っています。それは別に、悪い事ではないと思いますね。私がアイヌの神話に関心を持つのと同じ事ですから」

と、いう。

「金子さんは、飯田線の三河一宮駅に、降りた事はないんですか?」

「残念ながら、ありません。秘境駅の小和田駅には何回も、降りた事がありますが」

十津川は少しばかりがっかりした。亡くなった野田花世から三河一宮駅について、何か聞いているのではないか、特に、絵馬にあった「K.N」という人間について、何か聞いているのではないかと思ったのだが、どうやら空振りだったらしい。

確かに十津川も、さほど詳しくはないが日本の神話とか、あるいは出雲神話とかに関心がある。しかし、アイヌの神話についてはほとんど何も、知らないのである。たぶん、それと同じ事なのだろう。金子が日本の神話について関心が無かったとしても、別に、おかしくはない。そんな風に、十津川は自分にいいきかせた。

「私に聞く事はありませんか?」

と、今度は十津川の方から、金子に、いった。

「私が一番知りたいのは、捜査の状況なんです。花世を殺した犯人について、どの程度わかっているのか。それを聞きたくて、東京に来ていました」

と、金子がいった。

時間が来て、別れる時、

「この絵馬の写真、貰っていって構いませんか」

と、金子がいった。

「構いませんし、こちらに本物の絵馬に写したものもありますが」

「いや、写真で結構です」

「それで、これからどうするんですか？」

北条早苗が聞いた。

「羽田近くのホテルに泊まって、明日の朝一番の飛行機で北海道に帰ろうと思います。向こうでしなければいけない仕事がありますから」

と、金子がいった。彼の方が先にタクシーを呼んでもらい、別れていった。

「彼の事、どう思うね？」

と、十津川が聞いた。

「意外に元気だったので、ほっとしました。花世の事、本当に愛していたんだと思って、心配していたんです」

早苗がいった。

「私も少しばかり安心したよ」

と、いったあと、

「なんだ、写真を忘れていったじゃないか」

と、十津川は眉を寄せた。

金子が座っていた椅子の上に、絵馬を写した写真が、ポツンと置かれていたからである。

「どうします？　旭川に送りましょうか？」

早苗はいって、写真を手に取ってから、

「裏に何か書いてあります」

そこには、いつ書いたのかわからないが、言葉が書いてあった。

K．Nの上のKは「片桐《かたぎり》」です

サインペンの筆跡だった。

わざと忘れていったのだ、と十津川は思った。とたんに、急に不安になってきた。金子は、三河一宮駅のことも、砥鹿神社のことも、絵馬についても、何も知らないといっていたが、どうやら嘘だったらしい。

「すぐ、この片桐という男について調べてみよう。殺された野田花世の周辺を調べていけば、『片桐』という名前が出てくるかもしれない」

十津川はいった。

その声が、緊張していた。

「金子は空港近くのホテルに泊まって、明日早く飛行機で、旭川に帰るといっていたね」

「そうです。急ぎましょう。彼、何をするかわかりませんから」

と、早苗もいう。十津川はすぐ、亀井と日下の二人に連絡を取って、羽田空港に急行するようにいった。彼自身もタクシーを呼んで、北条早苗と二人、羽田へ向かった。

金子は、K.Nの上の文字が、片桐だという事を知っていた。今日、十津川たちと話し合っていて、片桐が野田花世を殺した犯人だと、確信を持ったのではないのか？

確かに、金子が、絵馬の裏に書いた言葉をそのまま受け取れば、K.Nが犯人だという確率は高くなってくる。それに、今年の元旦に書いたという事になっているから、彼女が殺されたのが、六月四日で、前後は、合っている。尚更K.Nが容疑者に思えてくる。冷静に考えれば、この絵馬だけでK.Nを野田花世殺しの犯人だと断定する事は難しいが、金子はK.Nを犯人だと決めつけてしまったらしい。十津川たちはK.Nの上のKが片桐だとは知らなかったが、金子は知っていた。

「それが危険だ」

と、十津川は思った。

羽田空港に着いた。亀井刑事と日下刑事はすでに、空港のロビーに入っていた。亀井が、

「他の刑事たちにも声を掛けていますから、間もなくここに来ると思います」

と、十津川にいった。その刑事たちが集まって来て、全員で、十津川自身を含めて十人になった。彼等に、十津川がいった。

「金子太郎は、恋人の野田花世を殺した犯人を勝手に決めて私的制裁を加える心配がある。それを何としても防ぎたい。彼の言葉を信じれば、空港周辺のホテルで、一夜を過ごし、明日の朝一番の飛行機で北海道の旭川に帰るといっていた。この言葉が、本当かどうかはわからないが、まずどのホテルに泊まっているかを見つけて、勝手な行動を止《や》めさせたい。彼は野田花世を殺した犯人が、片桐という者だと決めつけている。この片桐が何者かを何とかして確認したい。この二つだ。まず、この空港周辺のホテルを当たって、金子太郎が泊まっているかどうか、見つけてくれ」

十津川は、更に、

「それから、この空港ロビーを、臨時の捜査本部とする。私はここにいるから、何かわかり次第連絡して欲しい」

と、つけ加えた。すぐ、刑事たちが金子太郎捜しに動いた。

一軒一軒のホテルに、電話で問い合わせる。偽名で泊まっている場合もあるので、金子太郎ではなくても、年齢、顔立ち、恰好などが似ている者が泊まったと聞けば、刑事がすぐ、直行して確認する事にした。

結局、空港周辺のホテルに、金子太郎は泊まっていない事がわかった。十津川は、安心する代わりに、尚更、不安にさせられた。明らかに金子は、十津川に嘘をついていたのだ。たぶん金子は最初から、空港周辺のホテルには泊まる気は無かったのだ。

現在、午後十時三十分。この時間に金子はどこにいるのだろうか。十津川は金子太郎の携帯に掛け続けたが、金子が出る様子は無かった。第一、何回相手の携帯に掛けても、繋がっている様子は無かった。金子は意識して携帯の電源を切ってしまっているのだろう。

間違いなく彼は、K.N、片桐という男を捜し出して殺す気なのだ。十津川は刑事二人を調布の野田花世のマンションに急行させ、部屋を、徹底的に調べるように指示もしていた。今まで、あのマンションを何回か調べているが、その時に、容疑者の名前はわかっていなかった。それが今は、片桐とわかっている。もちろん別の犯人も考えられるが、今のところは、片桐という名前しか浮かんでいないし、金子は片桐という男を犯人だと思って、その人間を、狙っていることしかわかっていないのである。

十津川は、三上刑事部長にも、現在の状況を報告したが、案の定、三上は怒鳴りまくった。

「金子太郎が容疑者の名前を知っているのに、どうして警察が知らなかったんだ？」

と、怒鳴るのである。

「確かにそこは、問題かもしれませんが、金子太郎のいう片桐という男が、犯人かどうかもわからないのです。したがって、まず金子太郎を見つけて、私的制裁を止める必要があります」

とだけ、十津川は、いった。

「とにかく、何とかしろ」

と怒鳴った後、三上は電話を切ってしまった。

十津川には、他にも、やらなければならない事が沢山あった。とにかく、金子太郎を見つけ出して押さえなければならないのである。そこで、都内の各警察署に金子太郎の顔写真と、身体的特徴を知らせて、もし該当する人間を見つけたら、有無をいわさず身柄を確保しておくように依頼した。

都内あるいはその近郊を走っているパトカー、白バイに対しても同じ事が依頼された。

調布市内の野田花世のマンションを調べに行っていた刑事たちから、やっと、十津川に報告が入った。K．Nというサインがある手紙が見つかったというのである。

「宛名は？」

と、十津川が聞く。

「野田花世が勤めていた旅行会社宛になっています。内容を送ります」

と、若い刑事がいった。

その手紙は、十津川の携帯に送られてきた。便箋一枚の簡単な手紙である。

今日は。
六月号の雑誌に書かれた
素晴らしい神話の話を拝読。イ
ゾモ神話がお好きですね。
私は日本人らしく、古事記
日本書紀が好きです。いつ
かお会いして話し合いたい。
K．N

便箋には、それだけの、簡単な文字しか並んでいなかった。

「カタカナが『イズモ神話』と書くべき所を間違って『イゾモ』と書いてあるのがご愛嬌ですが、別に何も不思議な点はありません」

送ってきた若い刑事がいった。

「君は、これ読んだんだろう？」

「もちろん読みました」

「それで、字の間違いが一つあるが、ありふれた手紙だと思ったのか？」

「そうです」

「了解したから、他にも、K．Nのサインのある手紙は無いか、引き続き調べてくれ」

と、十津川はいった。十津川はちょうど戻っていた亀井刑事に、自分の携帯に転送された問題の手紙を見せた。

「この手紙だが、おかしくないか？」

十津川が亀井に聞いた。

「ただ読んだだけでは、普通の、挨拶の手紙の様に見えますが、警部がいわれるのはイズモ神話の『イズモ』が『イゾモ』になっている点ですか？」

「いや、全体だよ。何となく、妙な手紙の様な気がして仕方がないんだ」

十津川はいい、戻って来た北条早苗刑事にも、それを見せて、

「君は、亡くなった野田花世と出雲神話について、話した事があるんだろう？」

「私にはよくわからない所がありましたが、彼女が熱心に話すのを聞いています。それがどうかしましたか？」

「問題のK．Nが彼女の勤務先に送った手紙だ。これがそうだが、私には何となくおかしいような気がする。君はどう思う？」

と聞いた。早苗は、二、三回読み直してから、

「これ、脅迫状ですよ」

と、いった。

早苗はそれをメモ用紙に、「今、六、素、ゾ」と各行の最初の文字を並べて、

「これの一文字目をローマ字に直していくと、『KOROSUZO』になって、カタカナ文字にすれば、『コロスゾ』になります」

と、いう。それを聞いて十津川の目が光った。

「確かに、『コロスゾ』になる。たぶん、このK．Nという人間はそのつもりで、書いた

んだ」

それに、亀井刑事も頷《うなず》いて、

「確かに殺すぞと読めますが、神話の話で人を殺すでしょうか？」

十津川は亀井に答える代わりに、早苗に向かって、

「そのことで君に聞きたい。殺された野田花世は、古事記や日本書紀よりも、出雲神話の方が好きだったんだろう？　その論争について彼女自身は、どう思っていたんだろう？　それが危険だと思っていただろうか？」

「それはわかりません。私も、彼女が出雲神話が好きだという事は、知っていましたが、K．Nという人物の事も知りませんでしたし、神話の件で彼女が脅迫されていた事も、知りませんでしたから」

と早苗は、いった。

十津川は、窓の外を見た。少しずつ、夜が明けてくる。とにかく今は、まず、金子太郎を捜し出す事だった。それからK．Nこと片桐という男も見つける必要がある。十津川は、神話について急に専門家に話を聞きたくなった。十津川自身、神話は好きだが、専門家ではないから神話の問題で、人を殺すほどの気持ちになるものか、それが知りたかったのである。

急遽調べると、国立大の榊原《さかきばら》という教授が、日本の神話について、詳しく、本日は休講なので羽田近くのホテルで、会う事が、可能だとわかった。

十津川は後の事を、亀井刑事に頼んで、空港近くのホテルに榊原教授に会いに行った。

時刻は午前六時半。六十歳だという榊原教授には、無理に出て来てもらう事になってしまった。早朝である事に、まずそのお礼をいい、今回の事件について、簡単に説明した後、

「日本神話は、素晴らしいと、思っているんですが、その好き嫌いで人を憎むという事がありますでしょうか？」

と、聞いた。

「日本の神話が原因の、殺人事件とは、珍しいですね」

と、榊原がいう。

「それはちょっと違います。我々は、神話が原因で、殺されたとは、まだ、断定はしていないんです。ただ、何とかして、殺人の動機を知りたいので調べているんですが、ひょっとすると、被害者の女性が好きだった出雲神話が原因で、相手の怒りをかったのかもしれない。そう思ったので、先生に神話の面白さや、危なっかしさを伺いたいのです」

「被害者の女性は、古事記や日本書紀よりも出雲神話が、好きだった訳ですか？」

「その通りです。特に、古事記や日本書紀が詳細に書いている、出雲を舞台にした国譲り

の神話の部分が、おかしいのではないか、せっかく大国主命《おおくにぬしのみこと》とその子供たちが築いた出雲の国を簡単に譲ってしまうとは、とても考えられない。それを研究会の会報にも書いていたようで、脅迫も、受けていたと思われるのです」

十津川は、三河一宮の砥鹿神社や上諏訪、下諏訪神社の話を、榊原にした。

「彼女は、こうした神社の祭神が、国を失った出雲の大国主命やその子息の建御名方神《たけみなかたのかみ》と、その后なのは、おかしい。記紀にある国譲りの神話は、嘘ではないのかと、考えていたようです。それを、会報に発表したりしていたんです。それに対して、怒った男が、殺すぞという脅迫状を送り、彼女は、その脅迫状通りに殺されてしまいました。彼女の古事記、日本書紀の国譲りの神話は嘘という考えに反撥した人間に殺されたように見えるのですが、果たして動機として、納得できるのか、考えてしまいましてね」

「日本神話の論争が、殺人の動機になるかどうかということですかな」

「そうです。国譲りの神話というのは、天照に派遣された神が、出雲にやってきて、大国主命やその子の事代主神《ことしろぬしのかみ》に対して、出雲の国を譲れといったことなんでしょう?」

十津川は、素朴な質問から、切り出した。

榊原は、微笑して、

「古事記の方が、詳しく書かれています。その国譲りの神話を信じられない人は、自然に出雲国風土記を信じるようになってきます。こちらに書かれていることは、記紀《きき》に書かれていることとはずいぶん違いますから」

「先生は、記紀の国譲り神話を信じておられるんですか？」

「あれは、あくまでも、神話ですから、実際の歴史とは、当然違います」

「しかし、出雲国が、実在したことは、間違いないんでしょう？」

「最初は島根県にあった小さな国だと思われていました。出土品が少なかったからです。それが、突然、大量の刀、鏡などが出土したため、巨大な国家があったことが、わかってきました。また、特異な形の古墳が、発見されました。四隅に角のある古墳で、九つが発見されたので、九代続いた出雲王朝があったことが、わかっています。それだけ、出雲国は大きな存在だったと思います。だから、簡単に征服したとは書けず、国譲りの行事があって、天孫族《てんそんぞく》、つまり、大和朝廷のものになったという話にしたのだという人もいます。それに対して、出雲国や、出雲神話を愛する人の中には、国譲りのような馬鹿な話はないと考える人もいるわけです」

「諏訪信仰については、どう思いますか？」

「長野の諏訪大社を中心にする信仰で、全国に、実に五千あまりの末社があります。祭神が大国主命の子の建御名方神と、后の八坂刀売神《やさかとめのかみ》なので、国譲りは嘘で、建御名方神が、天照の神々と、戦って、諏訪湖近くまで逃げてきた証拠だという説もあります」

「彼女は、固くそう信じていましたね。三河一宮にある砥鹿神社の祭神も大国主命なので、ここまで天照の神々と戦ってきた証拠と信じていたようです。すると、諏訪信仰というのは、いったい、何なんですか？」

「大和朝廷の横暴さに反撥した人々が、諏訪大社を中心に集《つど》った信仰ともいわれています。その人たちにとって、出雲王国の大国主命とその子は、大和朝廷への反撥のシンボルだったんでしょうね」

「それで、日本神話論争は、殺人を生むでしょうか？」

と、十津川は、聞くと、榊原教授は、微笑した。

「私にとって、神話、日本神話は、楽しい夢物語です。時には、日本神話について、論争したりもしますが、勝っても負けても、楽しいのです。時には、若い人が、新説を出して、私を驚かせたりすることもありますが、そんな時は、かえって、嬉しくなってしまうのですよ」

と、いった。十津川はK．Nの手紙を見せた。

「このK．Nという人物が、何者かは今のところ捜査中です。この手紙を見ると明らかに、殺された被害者を脅しています。このK．Nが、彼女を殺したかどうかはわかりません。

しかし殺した可能性も私は、あると思っているんですが、この手紙の言葉をどう思われますか？」

と、十津川が聞く。

榊原教授がまた微笑した。

「正直にいって、私にもわかりませんね。しかし、昔のように、日本全体がのんびりしている時代では、なくなりました。それに、日本人というのは心中《しんじゅう》民族ですしね」

「心中民族ってなんですか？」

「日本人が他の民族と、どこが違うのか。色々と考えてきたんですが、最近になって、日本に多い心中が日本民族の特徴を示しているんじゃないか。そんな風に考える事があるんです。今のままでは添い遂げる事が出来ない。結婚する事が出来ない。そうつきつめて心中する訳でしょう。どうしても結婚出来ない。そんな事はありえないんですよ。そうつきつめて心中するくらいなら、逃げて、そのまま二人で生きていけばいい訳です。ところが、もう、駄目だと考えて心中してしまう。太平洋戦争だって、何とか我慢して戦争しなければ良かったのに、このままいけばアメリカに滅ぼされてしまう、そう軍部のリーダーが信じて戦争を始めてしまった訳です。日本人というのはそういう所が、ありますからね。この、K・Nという人も、同じじゃありませんか。冷静に考えれば日本神話についての意見の違いで殺人は起きたりはしないはずですね。ところが日本的神経の持主だとすると、このK．Nさんは神話の事で人を殺してしまう事もありえたでしょうね」

「その時に、日本神話についてK．Nはどう考えたんでしょうか？　先生自身は国譲りの神話については、どう、思っていらっしゃるんですか？」

と、十津川は繰り返した。

「あくまでも、学問的に考えます。神話ですからね。しかし、神話で書かれた日本の歴史は、その点が、難しいんですよ。神話にあるような、古事記や日本書紀に書かれているような国譲りは無かったと思います。しかし、それに似た政治的な事件があった事も間違いないんです。何しろ出雲王国は、九代にわたって栄えていたが、大和朝廷によって、併合されてしまった。したがって『国を譲れ』『はい、譲ります』みたいな事はなかったでしょうが、暴力による併合、つまり、戦争ですね、欺し撃ちみたいな戦争はあったに違いないんです。だからその戦争が、実際にはいつ頃あったか。どんな形の戦争だったかを調べるのが私たち研究者の仕事なんです」

「先生は、今の時代なら神話の問題でも殺人になることがあり得るといわれましたね？」

「そうです。今、十津川さんに、神話のことでも、殺人に発展するのかと、聞かれて、私は、論争になっても楽しいもので、殺人に発展することはないと答えましたが、答えながら、考えていたら、今、別の結論になってしまいました」

と、榊原がいった。

「別の結論というのを、ぜひ、教えて下さい」

十津川は、じっと、榊原を見た。

「研究者だから、常に冷静で、殺人に発展したりしないといいましたが、あれは嘘です」

と、いった。

「実は、先生のその答えを待っていたんです。ぜひ、その話をして下さい。お願いします」

と、十津川は迫った。本音だった。

「私は、神話の専門家ですから、討論の機会はかなり多いです。その時、冷静に、冷静にと、自分にいいきかせるんですが、相手が、優れた論客であればあるほど私は冷静でいられなくなるのです。自説が否定されると自分の存在自体が否定されてしまったような気分になりますね。もしその時、拳銃を持っていたら、間違いなく私は、相手を射殺しています」

「それは、どんな問題での論争でもですか?」

「その問題の大きさとは、関係ありません。負けた時のショック、口惜しさは別ですから」

　と、榊原はいった。その表情は、笑っていなかった。

（この人は、何かの論争で、敗北したことがあるのだ）

　と、十津川は思った。

「さっきお見せした脅迫状ですが、最後にもう一度、お聞きします。この脅迫状を書いたK．Nが、相手を殺した気持が、わかりますか？」

「出雲の国譲りと日本神話について、考え方の違いから、対立し、最後に相手を殺してしまった人間の書いたものなんでしょう？」

「そうです。おそらくこの男が、神社に奉納する絵馬にも、こんなことを書いているんです」

　十津川は、K．Nが、砥鹿神社に奉納した絵馬の写しを榊原に渡した。

「とうとう見つけたぞ、もう逃がさない、ですか。ずいぶん直接的な言葉ですね」

　と、榊原が、いった。

「それは、彼女が、大国主命を祀る神社にお参りしたのを、犯人が見つけたあとに書いたものと思われます」

「わかりました」

「先生は、この絵馬を書いたK．Nの気持がわかりますか？」

と、十津川が、聞いた。

この時、こんな感情の荒い男の気持はわからないという返事が返ってくると、十津川は思っていたのだ。

ところが、榊原は、

「よくわかりますよ」

と、答えたのだ。

「彼女が、日本神話の国譲りは嘘だといったことに、腹を立てての絵馬ですよ」

「わかっていますよ」

「それでも、このK．Nの気持がわかりますか？」

「よくわかります」

「どうしてですか？」

「実は、私も、同じような絵馬を書いたことがあるからです。それも、詰まらないことに、腹を立ててです」

第五章　片桐《かたぎり》という男

1

十津川は考え込んだ。

金子太郎は、前回会った夜には結局行方は不明だった。彼が、どうして犯人の名前を知っていたのか？　正確にいえば、殺された野田花世と日本神話について論争していたK・Nの名前を、なぜ片桐と知っていたのか？　そうしたことが依然としてわからなかったからである。

考えられるのは、死んだ花世から聞いていたということである。

「カメさん、もう一度、金子太郎に会わなければならないね」

と、十津川が、いった。

「そうですね。私も彼に会って、聞いてみたいことができました」

と、亀井が、いった。

二人は、すぐ、旭川に行くことにした。現在旭川にある北の大地アイヌ協会で、金子は働いているはずだったからである。

翌日、十津川と亀井は、飛行機で羽田から旭川に向かった。

旭川にある北の大地アイヌ協会を訪ねると、幸い、金子は、その日もそこにいて働いていた。

北の大地アイヌ協会の近くのカフェで話を聞くことにしたが、いきなり、なぜK．Nの名前が片桐だと知っているのか、と聞いたら、素直に教えてくれるかどうかわからないので、まずは、野田花世のことから聞いてみることにした。

「亡くなった野田花世さんと、いつ、どこでどうやって知り合い、どんなつき合い方をしていたのか、その時のことから詳しく話してもらえませんか」

と、十津川が、いった。

「それが、彼女を殺した犯人の逮捕につながるんですか？」

と、金子が、聞く。

「正直にいうと、K．Nと野田花世さんとの関係は、あなたとはまったくかかわりがないと思っていたんですよ。だから、別の問題として捜査を進めていたのですが、うまくいきませんでした。それで、あなたに、花世さんと、いつ頃から、どういうことで知り合いになったのか、大体の想像はついていますが、改めて詳しく話していただきたいのです。たぶん、その中に、彼女を殺した犯人も出てくると思います」

と、十津川が、いった。

金子は、すぐには、話し出さなかった。それでも、十津川が辛抱強く待っていると、金子が話し始めた。

いったん話し出すと、金子は、一気に自分と野田花世との関係を話してくれた。

「今年の二月頃だったと思います。いきなり野田花世さんが、ここを訪ねてきましてね。それが彼女との最初の出会いです」

金子が、その時にもらったという名刺を、見せてくれた。

大手の旅行会社の企画部勤務の野田花世という名刺である。

「その時、彼女と飯田線のことを話したのですね？」

と、十津川が、聞いた。

「ええ、そうなんですよ。最初、北海道旅行か何かのプランで、その中に、アイヌに関係することが入っているんじゃないのか、例のクマ祭りを見せてほしいという要求なのではないかと思って、あまり乗り気ではなかったんです。とにかくアイヌというと、クマ祭りと考えている人が多いですからね。私は、そういう見世物のようなものは嫌いですから、断ろう、と思ったんですが、彼女の話をよく聞いてみると違っていました。飯田線の開設について、周辺の自然が、川の流れが急だったり、山が険しかったりで、当時の日本人ではどうしても測量ができない。そこで、北海道で長年、測量の作業をやっていたカ子《ネ》トさんに会社が頼んだ。それに応じて、カ子トさんは、一家を引き連れて信州に行き、大変な苦労をして飯田線の周辺の山や川、それに、どうトンネルを造ったらいいか、そんな測量をしてくれて、それでやっと、飯田線が開通した。その飯田線の宣伝を頼まれた時に、飯田線というものが、アイヌの測量技師カ子トさんのおかげで開通できたという話を聞いて、どうしても、このカ子トさんという人のことについて調べたくなった。それで、ここに来たのです。ぜひ、カ子トさんがどんな人だったのかを教えてください、彼女にそういわれましてね。私も同じアイヌとして、カ子トさんという優秀な測量技師がいたことは知っていましたから、そこで、カ子トさんについて話をした後、彼が、どんなふうに飯田線の測量をし、現在、飯田線がどんなふうに動いているのかを、私自身も知りたくなったので、旭川でカ子トさんについて説明をした後、北の大地アイヌ協会に休暇をもらって、飯田線を見に行ったのです。飯田線に彼女と一緒に乗りながら、最初はカ子トさんのことを話していたのですが、そのうちに彼女が有名なアイヌの詩人、知里幸恵《ちりゆきえ》のファンだということを知りました。十津川さんも、おそらく知里幸恵という名前はご存じでしょう？」

「ええ、もちろん名前は知っていますよ。十九歳で若くして死んだアイヌの女性詩人で、たしか『アイヌ神謡集』の著者でしょう？」

「そうですよ。素晴らしい詩人です。体が弱くて、十九歳と三カ月で死んでしまいました。彼女には弟がいましてね。知里眞志保《ちりましほ》という名前です。彼は東京帝国大学を卒業した後、北海道大学の教授になり、アイヌの研究で多くの賞をもらっています。私にとって、知里幸恵は好きな詩人ですし、弟の眞志保は、アイヌの研究者としての大先輩であり、尊敬すべき先生でもあります。それで一層、野田花世さんとは親しくなりました」

「それはつまり、彼女を愛するようになったということですか？」

と、亀井が聞いた。

「今、知里眞志保というのは、北海道大学の教授をしていた、尊敬すべき先生だといいましたが、私は、自分には、知里眞志保に似ているところがあると思っているのです。それは、やたらに女性が好きになるというところです。実は、知里眞志保は、大学の教授で、偉大なアイヌの研究家ですが、その一方で、やたらに女性を好きになる性格でしてね。生涯にわたって三人の女性と結婚しているんですよ。その点は、別に似ているとは思いませんが、女性を好きになるところは、私も知里眞志保先生に似ていると思うのです。二人で飯田線の取材をしたり、知里眞志保や知里幸恵の話をしているうちに、私は、たちまち野田花世さんのことが、好きになってしまったのです。嬉しいことに、彼女も、私のことを好きになってくれました。飯田線には申し訳ないのですが、私と花世さんとの二人で、飯田線を取材し、どうすれば飯田線に観光客をもっと呼ぶことができるかというプランを立てることも、私にとっては嬉しい作業になってきました。飯田線には無人駅がたくさんありますが、その中でもいくつかの秘境駅があって、これは観光客を呼ぶプランの中に入れるべきだと、二人の意見も一致して、特に念入りに秘境駅を取材しました」

と、金子が、いう。

十津川は、つい笑顔になってしまい、

「小和田《こわだ》駅のノートはその結晶ですね」

と、いった。

金子も、笑顔になって、

「たしかに、あのノートに、自分の考えというか、彼女への思いを書いている時が、一番嬉しかったですね。まるで女性に対してラブレターを書いているような、そんな気がしましたからね」

と、いい、その後、金子は小和田駅について喋った。小和田駅が、どんなに魅力的な駅だったか、そこで二人きりになった時、どんなに楽しかったか、それを喋り続けるのである。

それは、まるで自分の愛を告白しているような感じだった。

「たしか金子さんは、彼女が亡くなった後も、あのノートに飯田線のことや、彼女のことを書き続けていますよね？」

と、十津川が、聞いた。

「ええ、そうです。彼女が死んだ後も、何回かあの駅を訪ねていきました。あの駅で、ポツンと一人でいると、彼女との思い出がゆっくりと蘇ってくるんですよ。だから、そのために何度も、あの駅に行ったんです」

「野田花世さんとは結婚するつもりだったんですか？」

と、亀井が、聞いた。

「もちろんです。私は、そのつもりでした。今もいったように、彼女と二人でいる時が、どんなに幸福だったか。それに、私は、知里眞志保の後輩ですからね。彼に倣って彼女と結婚をして、できれば一緒にアイヌについての研究をして、アイヌの本当の姿、アイヌの過去や現在、未来についての本を書きたい。彼女が一緒になってそれに力を貸してくれたらどんなに嬉しいだろうかと、そう思っていたのです」

「花世さんとあなたが好き合っていたことはわかりましたが、結婚する気はあったのでしょうか？」

「一度聞いたことがあるんですよ」

「そうしたら？」

「私も結婚したいといってくれました。嬉しかったですねえ。そんな時に突然、彼女が殺されてしまったんです。その知らせを聞いた時、二日間、私は、呆然《ぼうぜん》としてしまいました。大地が崩れてしまったかのような、そんな気がしました。そして、なぜ、こんなことになったのか、それがまったくわかりませんでした」

と、金子が、いう。

「実は、われわれ警察は、あなたのことも、疑ったのですよ」

と、十津川は、続けて、

「それは、愛し合う男女の片方が死ねば、残りの片方が、犯人だというケースが少なくないからです。愛というのは、何かの拍子に憎しみにかわってしまいますからね」

「私が疑われるのは当然ですよ。それに、十津川さんが、私を犯人だと思って疑ったといっても、別に驚きはしません。昭和三十年代になくなった知里眞志保も、自分がアイヌである、そのことに苦しんでいました。同じ日本人なのに、アイヌを同じ日本人とは見ない。子供でさえ、観光ブームで北海道にやって来ると、旭川の北の大地アイヌ協会や登別《のぼりべつ》の集落《コタン》に来て、なぜ来たのか聞くと、アイヌを見に来たというのですよ。そんな時、知里眞志保は憤然として、その子供たちの前で大手《おおで》を広げ、俺を見ろ、俺がアイヌだと叫んだといわれています。私も、観光客に向かって眞志保のように叫びたい時があります。まるで珍しい動物でも見に来たというのではなくて、アイヌを見に来たというのですよ。まるで珍しい動物でも見るようにね。それに対して反感を持つ自分たちの自意識にも、腹が立ってしまうのです。どうしても自分のことを卑下してしまいますから。そんなこともあって、花世さんが、私のことを好きになってくれて、結婚したいともいってくれた。それがどんなに嬉しかったことか、皆さんにはわからないかもしれないですね」

「花世さんは、アイヌについて、どう思っていたんでしょうかね？　アイヌの詩人、知里幸恵のファンだといっていたそうですが、一般のアイヌについては、どう思っていたんでしょうかね？」

と、十津川は、聞いてみた。

一瞬の間を置いて、金子が、いった。

「最初に、花世さんが、私の働いている北の大地アイヌ協会にやって来て、アイヌのことを教えて下さいといった時には、私は一瞬、反感を持ちました。アイヌって何ですかとか、アイヌは、今でもクマ祭りをするんですかとか、また決まり切ったことを聞かれるのではないかと思ったからですよ。今は、めったにクマ祭りなんかやらないし、アイヌの文様の着物も着ないし、そんなことがわかっていない人間がまた来たのかと、そう思ったからですよ。知里眞志保先生は、大きなパーティーなどに出ると、広間の端の方にいて、なるべくパーティーの参加者とは話をしないようにしていたといわれています。パーティーが、例えば、フランスでのゴッホについてのパーティーだとか、サッカーのワールドカップについてのパーティーだとか、そういうパーティーだとしても、知里眞志保先生は、参加者が自分の顔を見ると、突然、あなたは、アイヌではありませんかと聞いたり、頷くと、アイヌについて妙な質問をされたそうです。それがイヤだから、知里眞志保先生は、たいていのパーティーの席では、参加者とは話をせずに、黙っていたそうです。私も、眞志保先生と同じです。というのは、アイヌに対する日本人の意識は、今もほとんど変わっていない。そう感じるからです。いったように、たいていは、今もクマ祭りをやるんですかとか、アイヌ文様の着物を今でも着ているんですか、とか、もっとひどいことを聞く人さえいますからね」

と、いって、金子は、ちょっと笑った。

2

「ところで金子さんは、いつ彼女が日本神話の論争で苦しんでいることを知ったのですか？」

十津川が、改めて聞いた。

「彼女とつき合うようになってから、しばらくの間は、そういうことで苦しんでいるということに気がつきませんでした。彼女は、いつもそんなことは何もいわずに、ニコニコして私と会うこと、話すことを楽しんでいましたからね。それは、何回目かに小和田駅に行った時のことです。あの時、花世さんは仕事で疲れていたと見えて、もう誰も使わなくなった駅舎のベンチで眠ってしまったのです。その時、ハンドバッグが開いていたので、閉めてあげようと思ったのですが、そこに封筒が入っていることに気がつきました。一瞬、私は、恋する男として二つのことを考えました。私に渡すラブレターを持って来ているのではないだろうか、逆に、他の男に出す手紙なのではないだろうか。愛と嫉妬を両方同時に感じたのです。それで、悪いとは思いながらも、その封書を開けて中を読んでしまいました。そうしたら、そのどちらでもありませんでした。宛名は、花世さんとなっていましたが、差出人は、ただK．Nとしか書いてありませんでした。そこには便箋に一枚、パソコンで打たれたと思われる、恐ろしい言葉が並んでいました。『あなたの考えている日本神話の解釈は間違っている。間違っているだけではなくて、日本と日本の神話を侮辱している。日本神話を愛するものとしては、許すことはできない。次に日本神話研究会の会報に載せる時は、まず日本神話を冒瀆《ぼうとく》したことを謝罪せよ。そして、日本神話の素晴らしさを賞賛せよ。さもなければ、お前に鉄槌《てっつい》を下す。それを覚悟しろ』、そう書いてあったのですよ。私は心配になりました。それで、彼女が目を覚ました後で、本人に聞いてみたのです。ハンドバッグの口が開いていたので、中身をつい見てしまった。どうしても心配だから、本当のことを教えてくれといったのです。最初、これは私たち二人の間には関係のないことだから、といって、話してくれませんでした。しかし、私が、あまりにも心配したので、やっと彼女が教えてくれたのです。自分は、アマチュアの神話研究会に入っている。そこでは毎月、会報が出るので、それに自分の考えを投稿したりしてきた。日本の神話というのは、さまざまな解釈ができるので、会報には、いろいろな考えの文章が載っている。それで安心して、自分なりの解釈を載せたのだが、その次の会報に激烈な批判が載った。でも、その人が手紙では誉めてくれたりしたので安心していたところ、そこには隠し文字があって、その隠し文字を読むと『殺すぞ』と読めたりして、心配になってしまった。それでも、日本の神話についての自分の解釈を曲げるのもシャクなので、そのまま載せているけど、まさか命を狙われるようなことはないだろうと思っていたら、相手の言葉がどんどんエスカレートしてきて、さすがに心配になってきている。でも、あなたが心配するようなことではないと、いったのです。それで、このK・Nという男の、本名はわかっているのかと聞きました。そうしたら、おそらく片桐という人ではないかと思うと、彼女はいっていました。何かのパーティーで一緒になったことがあるそうです。参加者が多かったので、それぞれが自分の胸に、名前を書いて出席したんですけど、その時にいきなり、何回も投書しているのだが、読んでくれていますかといって、ニヤッと笑われた。その人が、胸に片桐という名札をつけていたから、K・Nという頭文字にぴったりだと。だから、その男が、花世さんを殺したに違いないと思うのですが、私自身はその男を見ていません。なんとかして探し出してやろうと思っているのですが」

　と、金子は、悔しそうな顔でいった。

「それを聞いて、片桐という名前をあなたが教えてくれた理由がわかりました。しかし、あなたは何もしないでくださいよ。まだ、この片桐という男が犯人かどうか、わかりませんからね。これから、われわれが調べて、片桐が犯人かどうかの確証を得てから逮捕します」

十津川は、何回も勝手に行動しないでほしい、と念を押した。

3

K．Nこと片桐が、殺された野田花世と、いったいどんな確執があったのか、それを調べることにした。

そこで、渋谷にある日本神話研究会へ、その研究会の会長に話を聞きに行った。

会長の名前は君塚広太郎《きみづかこうたろう》、六十歳。現在、会員の数は、全国で一万人を超えているという。その数をいった後、君塚会長は嬉しそうに、

「最近、神話ブームになってきましてね。会員が大きく広がっているのですよ。日本の神話というのは、日本の歴史そのものですから、こういう研究会の会員が増えるというのは、とてもいいことですし、嬉しいことなんですよ」

と、いった。

「実は、前に電話をしたことがありまして、覚えていらっしゃいますか？」

と、十津川が、聞いた。

「ええ、覚えていますよ。たしか、会員の中に、片桐という人がいるかどうかをお聞きに

なったんですよね？」

「ええ、そうです。その時、十五人もいるといわれて、びっくりしました」

その中から十津川は、三人の片桐を選んでいる。

しかし、その三人の中の誰が、問題の片桐なのか、それはわかっていないのである。

しかし、その片桐について、金子が話してくれた。その話を参考にして、この日、日本神話研究会が出している会報の内容を詳しく調べれば、三人の中の誰が容疑者なのか、それがわかるかもしれない。

そう思って、今までに刊行された会報を見せてもらうことにした。

日本神話研究会というアマチュアの会は、三年前に発足していた。それから毎月一回、かなり分厚い会報を出していた。会員数が増えれば、自然に厚くなるのだと、君塚会長は、それも嬉しそうにいった。

その分厚い会報を積み重ねておいて、十津川は亀井と二人で、中身を読んでいった。

どれが問題の投書かを選ぶのはさして難しくなかった。問題の片桐が、野田花世の投書に対して怒りを示していたからである。野田花世が投書をした、その翌月か、あるいは翌々月に、K．Nを名乗ったり、あるいは片桐直人《なおと》と名乗って、それに対する反論を載せていた。

まず、三年前に、野田花世の、初めて載った投書から読んでいく。


「記紀の疑問。

古事記も日本書紀も、私は大好きです。素晴らしい神話に満ち、それが現代の日本の歴史にもつながっています。だから、好きなのです。

ただ疑問もあります。その一つをここに書いて、皆さんのご意見をおききしたいと思います。

それは、オオクニヌシノミコトが作り上げた、出雲の国の話です。

記紀には、神話として大きく出雲の国のことが取り上げられています。白ウサギの話が載っていたり、国引きの話が載っていたり、私は、あの地方の生まれなので、出雲の国の話が好きで仕方がありません。オオクニヌシノミコトも好きですし、出雲大社にも毎月のようにお参りに行っています。

その出雲の国やオオクニヌシノミコトや、その子供のコトシロヌシの話が載っていると、いつもは目を通したりはしない古事記や日本書紀の本を、ついつい読んでしまうのです。

それでも、記紀に、アマテラスの使いの神様が出雲にやって来て、オオクニヌシノミコトに、お前の国をアマテラスに譲れといったという、いわゆる国譲りの話が載っていると、それがどうしても理解できないのです。

この話は、古事記にも載っていますし、日本書紀にも載っています。それで、多くの人が国譲りの神話を知っているんですが、オオクニヌシノミコトと、その子が一生懸命造り上げた国を、どうして簡単に、アマテラスに譲ってしまうのでしょうか？

自分の国を取り上げられてしまうのですよ。それなのに、なぜ簡単に引き渡してしまうのでしょうか。

昔だって、そんなことはなかったはずです。自分の国の国土のほんのわずかでも取られるとしたら、国を挙げて反対するでしょう。その気持は、今だって昔だって変わらないはずです。

ですから、古事記や日本書紀は好きですし、日本の神話は好きなのですが、この出雲の国譲りだけは、どうしても納得がいかないのです。

だから、実際には国譲りなどはなかったのではないか、と思います。オオクニヌシノミコトも、それには反対しただろうし、その子供のコトシロヌシも反対したに違いない。反対して、おそらく戦争になったでしょう。国を取られるんですから、戦争だって避けようがなかったはずです。

それに、反対した証拠も、私は、旅行の途中に見つけたんです。

私が最初に見つけたのは、長崎に旅行した時です。

十月のおくんちを、見に行ったんです。それが諏訪神社でした。長崎にあるのに、どうして、諏訪神社というのか、そのことが、ちょっと不思議に思えて、どんな神様を、祀っているのかを聞いたら、びっくりしましたよ。なぜなら、タケミナカタと、その奥さんの、ヤサカトメが祀られていると聞いたからです。

タケミナカタというのは、コトシロヌシと同じく、オオクニヌシノミコトの子供です。国譲りをして国を取られてしまったオオクニヌシノミコトの子供を、どうして長崎で祀っているのか、それが不思議でした。

あの国譲りの話というのは全くの嘘で、実際には、アマテラスの神々と出雲の神々が、出雲の国を賭けて延々と戦争を続けていた証拠なのではないのか？

つまり、古事記と日本書紀の記述が嘘なのだ。だから、アマテラス側と戦ったオオクニヌシノミコトの子供を、わざわざ長崎の神社が祀っているのだ。

私はそう考えるようになりました。

これについて、何か反論がある人は、ぜひ教えて下さい。

出雲を愛する野田花世」

これが最初の野田花世の投書だった。

これに対して、翌月早速、K．Nが反論した。

「野田花世さん、面白いご意見、楽しく拝見しました。子供っぽくていいですね。面白いですよ。

しかし、残念ながら、あなたは間違っています。

国譲りは実際にあったんですよ。古事記と日本書紀の記述は正しいのです。

ただ、国譲りといっても、ただ単に、出雲の国を譲れと、アマテラスがいったわけじゃないんですよ。現世の出雲の国は、アマテラスが支配する。だから、オオクニヌシノミコトのほうは、あの世、黄泉《よみ》の国を支配しなさいと、そう提案したのです。

現在とは違って、神話の頃は、現世と同じような大きさをもって、あの世が存在したのです。少なくとも、そう考えられていたのです。ですから、別に全世界を取り上げてしまうというわけじゃないのです。

出雲の半分、あの世を、あなたは支配しなさい。それは妥当な提案ですよ。それが国譲りなのです。

神話というものは、そういうふうに読まなくてはなりません。それを、あなたは、まるで出雲を取り上げて、死んでしまえといったみたいに、解釈しているが、そうじゃないのです。半分ずつ支配しようじゃないか、治めようじゃないかという、そういう提案なんですよ。

その時、おそらく、オオクニヌシノミコトも、その子供たちも疲れ切っていたのでしょう。現世の出雲には、未練がなかったんじゃないかと思うのですよ。だからこそ、彼らは喜んで、アマテラスの提案を受け入れたのです。

出雲のあの世を、支配するのだからといって、それにふさわしい、大きな神社を、アマテラスは建ててあげたんですよ。それが出雲大社です。大変な大きな神社じゃありませんか。

その後、出雲の現世をアマテラスが支配し、同じ大きさのあの世を、オオクニヌシノミコトとその子孫が支配するようになって、現在に至っているのです。

こうして見ていけば、古事記や日本書紀には、どこにもおかしいところがないでしょう。あなたには、それがわかりませんか？

K．N」

これが、K．Nを名乗っている、片桐直人の反論だった。

さらに一カ月が経った会報には、再び、野田花世の投書が載った。

「私は、日本の神話がとても好きなのです。それで最近、記紀について書かれた本を何冊も買って読んでいます。その中で、私は日本の神話についての知識を、少しずつ重ねてきました。

先日、もう一度、出雲に行ってきました。そして出雲大社をお参りしました。とても大きくて素晴らしい神社です。

でも、日本書紀の研究書によると、あの出雲大社は、アマテラスが出雲の国を譲ってくれたお礼として、オオクニヌシノミコトに建ててあげたものではないというのです。

ここに籠って、あの世を支配しなさい。そういって、あの出雲大社を贈ったといわれていますが、実際には、オオクニヌシノミコトが亡くなった時、出雲のたくさんの神々が、その死を悼んで、出雲大社を造営して、亡くなったオオクニヌシノミコトを祀ったというのが、正しいのだそうです。

また、古事記や日本書紀を丁寧に読むと、アマテラスの神々がやって来て、オオクニヌシノミコトに対して、出雲の国を譲れと申し出ても、すぐに、国譲りが行われたのではないことが、わかります。

最初の二人の神々がやって来て、アマテラスの命令を伝えました。

しかし、その後、二人の神々は、すぐに、立ち戻って、アマテラスに、報告しようとはしていないのです。

それも、一週間や十日遅れたというわけではありません。実に、何年も帰っていないのですよ。オオクニヌシノミコトが、国譲りを、承諾したのなら、すぐに立ち帰って、アマテラスに報告すべきでしょう。ところが、それを、何年も報告していないのです。

ということは、国譲りの承諾が、あったというのは嘘で、オオクニヌシノミコトが、拒否をしたということではないでしょうか。

オオクニヌシノミコトが、国譲りを拒否して戦争になった。そうとしか考えられないじゃありませんか。

そのため、使いに来た神々が、アマテラスの国に帰ることができなかったのです。おそらく戦争によって負傷したか亡くなったのではないかと思いますよ。大苦戦だったのです。

そのことに怒って、アマテラスは、また二人の神を出雲に派遣して、オオクニヌシノミコトに、出雲の国を譲れと、命令しました。

しかし、今回もまた、使いの神々は、何年も帰らなかったのです。つまり、また戦争、今風にいえば、抵抗戦争があったのです。

ですから、使いの神々は、帰れなかった。そう考えるべきでしょう。まさか、何年もサボって帰国しなかったなんて考えられますか？

アマテラスは、さらに怒って、今度は、力自慢の神々が、やって来ました。前よりも大きな軍隊を、派遣してきたと考えるべきでしょうね。

アマテラスも怒ったんですよ。国を譲れといったのに、抵抗するから怒ったのだと思いますね。だから、前よりも、強力な軍隊を派遣してきたんです。

今度もまた戦争になりました。出雲側は、いっこうに降伏しません。だから、日本の各地に、そうした抵抗戦争の爪痕が残っているのです。

その爪痕《つめあと》の一つが、諏訪神社ではないかと思うのです。

諏訪神社といえば、もっとも有名なのは、諏訪湖の近くに建っている諏訪大社でしょうね。諏訪大社には、上、下の二つの神社があって、上社のほうは、オオクニヌシノミコトの子供であるタケミナカタを祀り、下社のほうは、その妃のヤサカトメを祭神にしています。

あの有名な、大木にまたがって木落としをする、勇壮で壮大な祭りは、上社のタケミナカタと、下社のヤサカトメの祭神に、社殿の四方に建てる神木を運んでいくのです。祭りの勇壮さは、戦いの激しさを示しているのだと思います。

他にも、諏訪神社は日本の各地にあって、祭神は、オオクニヌシノミコトか、その子供です。それが何を意味しているのかといえば、その神社があるところでも、オオクニヌシノミコトの子供たちが、国譲りを拒否して、アマテラスの神々と戦い続けた、その証拠ではないかと、私は考えています。

そうでなければ、全国を支配した大和朝廷に対して反抗するような神社を、わざわざ建てる理由がありませんからね。

諏訪大社のお祭りと祭神が、何を物語っているのかは、はっきりしていますね。オオクニヌシノミコトが、国譲りに反対した。そして、怒ったアマテラスの神々との間に戦争が始まったんですよ。

その結果、オオクニヌシノミコトの子供は、戦い続けて、諏訪湖の近くまでやって来て、そこでもまだ、戦い続けていたということです。

その証拠が諏訪大社なのです。もし、記紀にあるように、すんなりと国譲りが行われたのであれば、長崎に、その子を祀ったり、諏訪に祀ったりする必要はないでしょう。

国譲りの証拠として、アマテラスが出雲大社という大きな神社を建てたと、記紀の中には書かれているのですから、もし、その通りだとしたら、長崎や諏訪に、オオクニヌシノミコトの子供を祀る必要などないでしょう。これだけ見ても、記紀に書かれた国譲りは、嘘だということがわかります。

最後に、念のために書いておきますが、私は、日本神話が大好きで、この国譲りの部分以外の古事記も日本書紀も大好きです。

日本神話の好きな野田花世」


そして予想した通り、この後の会報に、K．Nがまた反論を載せていた。


「古事記が好きだという花世さんへ。

記紀をもう一度、丁寧に読んでください。

いいですか、出雲の国は、もともとオオクニヌシノミコトが作った国ではないんですよ。では、誰が作った国かといえば、アマテラスの弟スサノオノミコトが作った国なのです。

記紀によれば、アマテラスの弟スサノオノミコトは、あまりにも乱暴がすぎるので、アマテラスの怒りを買い、国を追われました。そして朝鮮半島の新羅《しらぎ》の国に行ったのです。そこを征服して、自分の国にしました。

しかし、まもなくすると、退屈してしまい、新羅を出ると、次にやって来たのが出雲の国なのです。そこで何をやったのかといえば、まず出雲の国を廻って歩き、人々が、どんなことで、苦しんでいるのかを調べたのです。

出雲の国の人たちは、毎年、ヤマタノオロチに、襲われて苦しんでいることがわかりました。それを知ったスサノオノミコトは、出雲の国の人々のために、ヤマタノオロチを退治しました。

そして、ヤマタノオロチのために苦しめられていた、クシナダヒメと結婚したのです。二人の神々の間には、子供が生まれました。その子供が、オオクニヌシノミコトです。

オオクニヌシノミコトに、スサノオノミコトは、さまざまな試練を与えました。オオクニヌシノミコトが強い神になって、自分の築いた出雲の国を治めてもらいたかったからです。

オオクニヌシノミコトは、その試練に耐えて、立派な王になりました。ですから、出雲の国はスサノオノミコトが作った国なのです。

その国を治めているのが、スサノオノミコトの子供なんですよ。だから、アマテラスは、出雲の国を譲れと提案したのです。こう考えると、別に不自然でも、乱暴なことでもないでしょう。もともと自分の弟が、作った国なんですから。

そして、自分の弟の子供が、治めている国なのです。だから、国を譲れというよりも、正しくいえば、弟の作った国なのだから、そろそろ、こちらに、渡しなさい。私が、弟に代わって治めてあげるから、という優しい提案なのですよ。

それを国譲りといっているだけのことなのです。いったい、どこに抵抗する、あるいは拒否する必要が、あるでしょう。弟が作った国を私が代わって治めてあげる。そのどこがおかしいのでしょうか？　間違っているのでしょうか？

あなたは、諏訪大社や、長崎の諏訪神社にオオクニヌシノミコトの子供が、祀られている。それは、アマテラスの要求に対して、出雲の神々が、抵抗した、戦った証拠だという。

今もいったように、弟が作った国を、その姉が治めてあげると提案しただけなのですよ。間違っていると思わないのですか？

あなたは、地方に、諏訪神社のような神社がいくつもあるといわれた。それが不思議だという。

しかし、地方にあるのは当然なのではないでしょうか。あなたが得意げにいったオオクニヌシノミコトの子供のタケミナカタは、スサノオノミコトから見れば孫ですよ。アマテラスだって、弟の孫が可愛いに決まっているでしょう。

だから、孫のために、日本全国に、神社を建てたのです。あなたは、それを抵抗の証拠だという。

違いますよ。アマテラスが、弟の孫可愛さに、日本全国に多くの神社を作った。その証拠なのです。

これでも、古事記や日本書紀の国譲りは間違いだと主張するのですか？

それこそ、あなたが強引に、神話を壊している。私には、そうとしか、思えません。これは許せませんよ。

K・N」

それでもめげずに、昨年の会報六月号に、野田花世はこんな投書を載せていた。

「私は、ある鉄道の小さな駅に、私の推理が間違っていない、という、そんな神社を見つけました。その神社の祭神は、オオクニヌシノミコト本人なのです。孫じゃありません。出雲からはるかに遠い、小さな町の神社ですよ。嬉しかった。私は、間違っていなかったのです。」

この回は、出雲を愛する野田花世という実名では書かず、N・Hとして投稿していた。

それに対するK・Nの反論は、すでに十津川は読んでいた。彼が問題にした例の手紙なのだ。

今日は。
六月号の雑誌に書かれた
素晴らしい神話の話を拝読。イ
ゾモ神話がお好きですね。
私は日本人らしく、古事記
日本書紀が好きです。いつ
かお会いして話し合いたい。
K・N

あの隠し文字のあった手紙である。十津川は、もう一度、旭川の金子に電話した。

この手紙のことを、彼女は、あなたに話しましたかと、聞いたのである。その返事は、こうだった。

「ええ、話してくれましたよ。殺すぞという隠し言葉が含まれている手紙でしたからね。それに気づいて、彼女、恐ろしくなったのではありませんか。このあと、彼女は、しばらくの間、東京のマンションに帰らないで、今年に入ってからもたびたび仕事のある飯田線沿線の旅館やホテルに泊まっていたようです。私も、そのホテルに行ったことがありますから」

と、金子が、教えてくれた。

おそらく、そのために野田花世は、会報への投書も控えてしまったのだろう。

K・Nこと片桐は、野田花世の勤務先だけでなく、東京の住所も知っていた。彼女が、そのマンションから姿を消してしまったので、片桐は必死になって、彼女を捜したに違いない。

普通に考えれば、自分の怒りをぶつけていた女が姿を消せば、逃げたとして、快哉《かいさい》を叫ぶものだが、ここまで来ると、片桐は、絶対に野田花世を許せないと思い詰めたに違いないのだ。

だから、彼女が姿を消したことに快哉を叫ぶ代わりに、激しい憎悪を掻《か》き立てたのだ。意地でも捜し出してやる、そう思ったに違いない。それとも、片桐は歪んだ愛情を持っていたのか。

そして、彼は、野田花世を捜し出した。たぶん、飯田線の三河一宮の駅か、あるいは砥鹿神社で彼女を見かけたのだろう。だから、万歳を叫んだに違いない。

そうして、会報に投書するのを止めた野田花世に対して、問題の神社の絵馬に誇らしげに書きつけたのだ。

N・Hお前をとうとう見つけたぞ
もう逃がさない
K・N

と、書いた絵馬を、あの神社に掲げておいたのだ。絵馬から片桐の指紋が採れた。

それは、お前を殺してやるという宣言だったと、今の十津川は、考えてしまう。

彼はすぐ、裁判所に片桐直人の逮捕状を請求した。全国指名手配のためだ。それは野田花世を殺した片桐直人を許せない気持ちの他にもう一つ、彼女の恋人だった金子太郎のことが心配だったからである。

十津川は、そのことを、三上刑事部長にも打ち明けた。

「東京の調布のマンションで殺された野田花世、二十八歳殺害の容疑者として、やっと、片桐直人、三十歳が見つかりました。直接の証拠はありませんが、彼が犯人であることは、間違いないと思います。それで、指名手配のために一刻も早く逮捕状がほしいのです。というのは、殺された野田花世には、金子太郎という恋人がいました。彼は現在、旭川の北の大地アイヌ協会で働いています。先日、彼に会ってきましたが、間違いなく、金子太郎は、野田花世を愛し、彼女が亡くなった今も、その気持に変わりはありません。ですから、復讐のために片桐直人を殺してしまう恐れが、あります。私としては、絶対に、そうなってほしくありません。金子太郎を、刑務所送りにしたくないのです。そのためにも一刻も早く、片桐直人を逮捕したいのです。部長からも、裁判所に逮捕状の発布を急ぐように伝えてください。よろしくお願いします」

と、十津川は、頭を下げた。

「君のいいたいことは、よくわかったが、その前に、二人の男について聞きたい。容疑者の片桐直人というのは、どんな人間なんだ？」

と、三上が、聞いた。

「今も申し上げたように、片桐直人は現在三十歳、独身で、世田谷のマンションに住んでいます。大学を中退した後、叔父のやっている中小企業で働くようになりましたが、もともと日本の古代史に関心を持っていたようで、三年前、日本神話研究会の会員になりました。その会で野田花世のことを知ったわけです。片桐という男は、根っからの議論好きですが、その議論に負けるとカッとする質《たち》で、その上、女好きでもありますが、女性に対しても議論に負けるとカッとして、殴るようなことも、たびたびあったそうです。世田谷の自宅マンションにも帰っていないようなので、これから、片桐直人の行方を捜さなくてはなりません」

と、十津川が、いった。

「もう一人の金子太郎という被害者の恋人は、どういう青年なんだ？」

と、続けて、三上が、聞いた。

「先日、亀井刑事と一緒に、金子太郎に会ってきました。金子は北海道大学を卒業した後、北の大地アイヌ協会に入り、そこで自分たちアイヌの過去や現在、未来について研究していて、それを近く発表すると話していました。ただ、金子自身は現在、アイヌの研究家ですが、彼の父親は、登別に住むアイヌとして、狩猟を職業としていました。去年亡くなりましたが、猟師としての腕は、たしかだったようです。その父親に誘われて、金子自身も現在、狩猟の免許を持っていると情報があります。狩猟に使う猟銃所持の許可証も持ち、たしか猟銃を所持しているはずです。もし、片桐直人が北海道に行き、金子の近くに足を運んだら、危ないことになると、その点を心配しているのです。おそらく何のためらいもなく、金子は、片桐直人を殺すに違いないからです。それで、もし、君が片桐直人を見つけても、絶対に手を出すな、片桐直人が、どこにいるかがわかれば、直《ただ》ちに逮捕し、起訴して刑務所に入れるのが、われわれ警察の役目だということを、念を押しておきました」

「そうか。それなら大丈夫だな？」

「いや、それがわからないのです。わざわざ東京までやって来て、片桐直人を捜し出して殺すようなことはしないでしょうが、片桐の方から、金子に近づけば、金子が片桐を射殺する可能性は大いにあります。ですから、一刻も早く、片桐に対する逮捕状を手に入れたいのです」

と、十津川は、繰り返した。

第六章　記念写真への誘い

1

十津川はまず、片桐直人という男について徹底的に調べる事にした。彼の住所は、世田谷区松原《まつばら》。京王線の明大前駅から歩いて五、六分のところにある中古のマンションである。そこからいなくなっている事はもう調べてある。彼が働いていたという、叔父の工場を訪ねる事にした。叔父の名前は坂口健太郎《さかぐちけんたろう》。五十歳である。同じ世田谷区内、北烏山《きたからすやま》にある「坂口金属工業」という中小企業の社長だった。

従業員は二十五人。ここで片桐は事務をやっていた。

十津川は坂口に会って、片桐直人の事を聞くことにした。昔の中小企業のオヤジといえば、太っ腹で、声が大きくて、人が良いという感じだったが、現在の中小企業の社長はサラリーマンが作業服を着た感じだった。実直なところだけは昔の中小企業のオヤジに似ていた。

十津川が会うと、

「片桐は、ここを辞めていて、行方は知りませんよ。連絡も来ないから」

と、いきなりいった。

それだけでも、片桐が厄介者だとわかる。

「私が知りたいのは、片桐直人という人間の性格なんです。現在まで独身でしたね。女性関係が全く無かった訳じゃないでしょう」

と、十津川は聞いた。

「それどころか、女性関係は派手でしたよ」

「それなのに、どうして三十歳まで結婚しなかったんですかね?」

「要するに、わがままなんですよ。自分のいうことを聞かない女性だと、暴力をふるったりしていたから。最初の中《うち》は上手くいっていても、すぐ女性の方から逃げていきましたね」

と坂口は、いう。

「片桐さんは自己顕示欲が強くて、その上、暴力をふるったので女性から嫌われたのですね」

「まあ、そんなところでしょうね」

「ここでも、同じようなことがあったんでしょうか？」

「うちでは事務をやってもらっていたんですけどね、それなのに、ベテランの職人さんに対して時々、命令口調で批判したりしていました。当然、職人さんの方は怒ってしまう。そんなことから喧嘩になって自分から会社を辞めていったんですけどね。あれは明らかに片桐の方が悪かったですよ」

と、坂口はいった。

最後に坂口が眉をひそめて十津川に聞いた。

「あいつは本当に人を殺したんでしょうか？」

まだ片桐の容疑については、報道されていないはずで、十津川は驚いた。

「その疑いが濃いと見ています。もし、片桐さんから連絡があったら、すぐ知らせて下さい。彼自身の為にも、逃げ回るよりも警察に出頭して貰いたいんですよ」

十津川がいうと、坂口はしばらく考えていたが、

「実は二日前に、あいつから私のパソコンにメールがあったんです」

と、いい、続けて、

「それを見ると、全く人を殺したなんてうわさが信じられないような、相変わらずの大口を叩いていましたけどね」

坂口は、それを十津川に見せてくれた。

「俺は元気だから安心してくれ。

世の中には、俺が何か悪いことをして逃げ回っているようにいう奴がいるかもしれないが、全く違うんだ。

俺は日本の神話の中で、一つの発見をしたのでそれを証明しようと、日本全国を飛び回っている。その内に、それを論文にして発表するからね。

そうしたら俺は一躍、日本史の謎の一つを解明した英雄という栄光に包まれるんだ。その時にびっくりしないでくれよ。元気でな」

これだけの、短い文章に、山の中の小さな駅の写真が添えられていた。

「これを見て、どう思いました?」

と、十津川は坂口に聞いた。

「相変わらず、大ボラ吹いているなと思いましたけど、まあ元気なんで安心はしたんです。

昔から好きだった鉄道の写真も撮っているようですし。もちろん本当に人を殺しているなら、一刻も早く出頭して貰いたいですよ」

　と、坂口はいった。十津川は、メールの画像を自分の携帯で写して、捜査本部に戻った。

　十津川が持ち帰った、片桐直人の伝言はさまざまな反響を捜査本部にもたらした。

「まるで、自慢たらたらのメッセージじゃないか。殺人の容疑者とはとても思えないぞ」

　三上刑事部長が、怒りをあらわにしていった。

「一見そう思えますが、片桐が日本の神話について新しい発見をしたので、それを証明するために日本中を飛び回っている、というのはもちろん嘘で逃げ回っているんですよ」

　という刑事もいた。多くの刑事がその見方に賛成したが、十津川は少しばかり違った見方をしていた。

「逃げ回っているのは確かかもしれませんが、彼自身は本気になって新しい発見をし、それを発表するつもりでいると、私は思っています。彼の叔父に聞いたところでは、片桐という男は自己顕示欲が強くて、いつも自分が正しい、いつも自分が素晴らしい事をしていると思い込んでいるようですから」

　と、三上刑事部長に、いった。

「それで、どうするつもりだ？」

「この性格を利用して、片桐直人をおびき寄せたいと思っています」

と、十津川はいった。

「ようやく逮捕状が出た片桐に罠を仕掛ける、という事か？」

「そうです」

「しかし、上手くいくのか。片桐直人という男は、危険な奴だが、それだけに、悪知恵が働くんだろう？　かんたんに罠にはまるとは、思えないがね」

と、三上は、いう。

もともと、三上刑事部長は、用心深い男だが、今回は、彼に賛同する刑事が多かった。

それに対して、十津川は、こう説明した。

「確かに、片桐直人は、悪知恵が働く男です。用心深くもあります。ただ、それ以上に自己顕示欲が強い性格です。上手く誘導すれば、この男は、危険とわかっていても、罠に飛び込んでくる可能性があると、思っています。もちろん警察だけでは無理なので、協力者が必要です」

「どんな協力者を考えているのかね？」

「今回の一連の事件は、飯田線に関係して起きていますから、飯田線に、協力を要請するつもりでいます」

「飯田線が、協力してくれるかね？」

「飯田線の宣伝にもなることだと説得するつもりです」

「殺人犯の逮捕が、鉄道会社の宣伝になるのかね？　ちょっと、考えにくいが」

「犯人逮捕のために罠《わな》をはりますが、その罠が飯田線の宣伝になるようにしたいと思っています」

と、十津川はいい、三上が首をかしげているのには、構わず、

「これから、飯田線の広報担当者と話し合いに行って来たいと思います」

と告げた。

十津川は、今回は亀井刑事ではなく北条早苗刑事を連れて、飯田線の広報担当者に会いに出かけた。

「七月から、飯田線で新しく運行されている急行『飯田線秘境駅号』の宣伝にもなると思うので、是非協力していただきたいのです」

十津川は、自分の考えを広報担当者に説明した。彼の考えは次のようなものだった。

現在、鉄道マニアの間では、秘境駅ブームである。何もない駅に行くというのが、面白いのだ。そこで、飯田線では起点の豊橋から、終点の辰野《たつの》までの間で、幾つかの秘境駅を選んで、そこに停車するような急行列車を走らせる事を始めた。急行「飯田線秘境駅号」

である。

その駅の中でも、一番マニアに有名なのは小和田《こわだ》駅だった。小和田駅は当時、皇太子妃になった小和田雅子《おわだまさこ》さまと同じ名前なのが評判になり、カップルが押しかけて来て、一時、臨時列車を出すような賑わいになった。しかし、小和田駅の近くに住んでいた最後の家族が引っ越してしまい、現在小和田駅の周囲には人家が無い。その為に完全な秘境駅になってしまった。

それはマニアの間で有名になっていた。また、殺された野田花世が恋人の金子太郎とデイトを楽しんだ駅でもあり、また、片桐直人が押しかけた駅でもある。片桐は飯田線の写真を撮っているにちがいない。十津川は、それを利用しようと考えて、相談に来たのだった。

「私が聞いたところでは、飯田線の秘境駅の中でも小和田駅が一番有名だそうですね」

「その通りです。秘境駅は、何もないのが秘境駅たる理由ですが、小和田駅には郷愁があります。そのため、飯田線の中では最も有名な秘境駅になっています」

十津川は、自分が作ったポスターのコンテを見せ、

「素人が作ったので不細工な物ですが、これと同じような主旨で、ポスターを作り、飯田線の全線に配ってほしいんですよ」

と、いった。

こうして出来上がったポスターがある。

「急行『飯田線秘境駅号』の運行にちなんで秘境駅の写真を大募集！

飯田線には数々の秘境駅が存在しますが、中でも最も有名なのは、小和田駅です。そこで、飯田線ではこの秘境駅の写真を大募集致します。

是非、急行『飯田線秘境駅号』に乗って、小和田駅の写真を撮り、応募して下さい。

最も小和田駅に相応《ふさわ》しい秘境写真を撮られた方に、優勝賞金として五百万円を差し上げます。秘境駅を愛する皆さん、是非このイベントに参加して、素晴らしい写真を数多く撮って下さい」

締切　七月三十一日（当日消印有効）
発表　十月一日
授賞式　十月十日
優勝　一名　特別賞　一名
優賞　五百万円　特別賞　百万円
選者　日本鉄道写真協会

日本秘境愛好会
JR東海　飯田線広報部

「これなら、飯田線の宣伝にもなると思いますが」

十津川がいうと、広報担当者は、笑顔になって、

「確かに、うちの宣伝にもなると思いますが、賞金のうち百万円は出せますが、五百万円は、何しろ突然のことなので、難しいかもしれません」

と、いう。

それに対して、十津川は、ニッコリして、

「その点は大丈夫ですよ。この催しが、犯人逮捕に貢献すれば、警察から五百万円の報奨金が出ますから」

と、いった。

その他、十津川の希望として、ポスターには、小和田駅の写真も入れてほしいといった。

「犯人は、間違いなく、小和田駅には、前に行っている筈なのです。そんな犯人の感情を刺戟するためには、文字よりも写真の方が力があると思います」

小和田駅で、死んだ野田花世と、金子太郎はデイトを楽しんでいた。それを尾行して、

片桐直人も、小和田駅に行っていた筈なのである。

「十津川さんのいう容疑者の片桐直人ですが、果たして小和田駅の写真を撮りにやって来るでしょうか？　警戒して、来ないんじゃありませんか？」

「その点は大丈夫です。確かに現在片桐直人は逃げ回っています。しかし、人一倍自己顕示欲の強い男ですから、必ず小和田駅に写真を撮りにやって来ます。そして、その写真を応募してくる筈です」

十津川は確信を持っていった。

「では早速、宣伝部にポスターをつくって貰って、飯田線の車内と各駅だけではなくて東京駅にもこのポスターを貼らせて貰いますよ。あ、それから時刻表にも、載せましょう」

と、広報担当者は約束したが、

「もう一度、確認したいんですが、十津川さんは、本当に片桐直人が応募してくると思っているんですね？」

「必ず、写真を撮りにやって来ます。もし、写真を撮っているところを、逮捕できなくても大丈夫です。絶対に応募してきます。自分を宣伝する為なら、多少の危険は無視してしまう。そういう男です」

と、十津川はいった。

「それで、本名の片桐直人で、応募してくるでしょうか」

「それはわかりません。たぶん、私は片桐直人の本名で応募してくると思ってはいますが。彼はアマチュアの日本神話研究会の会員になっているんですが、その時に時々使うペンネームもあります。そのペンネームで応募してくるかもしれません。とにかく警察は無関係という形で、飯田線主催で小和田駅の秘境写真を募集して下さい」

と、十津川は念を押した。

二日間の早さでポスターの印刷が出来上がって、捜査本部にも送られてきた。さすがに宣伝のプロが作っただけに、十津川が作った素人のポスターに比べれば、はるかに面白く楽しい。また応募者の心に訴えかける物だった。

それでも三上刑事部長はまだ、犯人の片桐直人が写真を撮りに小和田駅に行くかどうか疑問を持っていた。確かにポスターには警察の匂いはしない。あくまでも飯田線が募集した事になっているが、

「殺人犯というのは敏感だからね。警察の作った罠だと気がつくんじゃないかね。そうなれば片桐直人は写真を撮りに小和田駅には行かないし、応募しても来ないいんじゃないのか」

と、いうのである。

「その点、私には百パーセントの自信があります」

十津川には珍しく、強気になっていた。

「どうして君はそんなふうに自信が持てるのかね？」

「片桐直人は、そういう男だからです」

「つまり、自己顕示欲が異常に強いという事だろう」

「そうですが、彼にはまた、異常なほど自説に拘《こだわ》るところがあります。野田花世に対しても、自説を押しつけ、それを拒否されると、殺してしまったと考えられます。それも、日本神話の解釈の違いからです。専門家の話では、神話の世界は、さまざまな解釈ができるものだといいます。それなのに、片桐は、一つの解釈に固執し、それに反対する人間を憎んで、罵倒しています。彼は、アマチュアの日本神話研究会に入っているんですが、その会報に『旅の思い出』という短いエッセイを載せています。それに『秘境駅』という言葉を最初に使ったのは自分で、第一番の秘境駅は飯田線の小和田駅だとも書いています。自信満々にです。あの調子なら、今回の募集のポスターを見れば、小和田駅に来ずにはいられないでしょう。写真を撮り、応募してくると、確信しています」

と、十津川は、いった。

「どうも、私は、半信半疑だがね」

と、三上は繰り返した。そして、じっとポスターを見つめた。このポスターに、そんな魔力があるのか、という顔だった。

ポスターは東京駅にも貼られたし、時刻表にも募集広告が載った。この広告は間違いなく片桐直人がどこかで見るだろう。小和田駅に写真を撮りに行くだろう。そして更に、撮った写真を応募するだろう、と十津川は確信している。

ただ一つだけ、時刻表に載った事で、十津川に不安が生まれた。それは金子太郎の事だった。

彼は片桐直人を、恋人の野田花世を殺した犯人だと確信し、仇《かたき》を討とうと思っている。その金子太郎も時刻表に載った広告を見るに違いなかったからである。そうした場合、金子太郎はどう考えるだろうかと、それが心配だったのだ。

その一方、小和田駅には四カ所に監視カメラが取り付けられた。新人の刑事が連日交代で、豊橋発の急行「飯田線秘境駅号」に乗ることにした。幸い、この列車は一日一便である。連日交代しても、新人の刑事の人数は足りた。捜査本部としては万全の態勢である。この段階で片桐直人が現れれば、もちろんその場で逮捕するつもりだった。その為、参加する新人の刑事には片桐直人の写真を何枚も持たせていた。

しかし、一日、二日経っても片桐直人は急行「飯田線秘境駅号」に乗った形跡はなかったし、小和田駅で写真を撮るマニアの中に、片桐直人は現れなかった。時間が経過するにつれて、捜査会議で三上が十津川を責めるようになった。

「一向に片桐直人は飯田線にも、小和田駅にも現れないじゃないか。君の確信はどうなったんだ?」

「私の、彼が現れるという確信は崩れてはおりません」

と、十津川はいい続けた。ところが、十津川のもう一つの危惧が先に、現実になった。

問題のポスターが貼り出されてから十二日目に飯田線の車内と小和田駅で、金子太郎が見つかったのだ。その報告を受けて十津川は彼を豊橋署に設けた仮の捜査本部に、連れて来させた。

「ポスターを見たんですね?」

と、十津川が聞くと、

「北海道のJR駅には、あのポスターは残念ながら貼り出してありませんから、昨日発売された時刻表を見たんです。水臭いじゃありませんか。どうして、ポスターを送って下さらなかったんですか?」

と金子が、いい返す。

「危ないからですよ。今でも、あなたは片桐直人を許せないと思っているわけでしょう?

今日も、飯田線の車内か、小和田駅で、片桐を見かけたら殺すつもりじゃなかったんですか？」

「とんでもない。片桐を見かけたら、すぐ、警察に知らせるつもりでしたよ。今だって、その考えに変わりはありません」

「アイヌの武器というと、何ですか？」

十津川が聞くと、金子は、笑って、

「それで、ここに来る途中で、身体検査をされたんですね。十津川さんは、今でも、アイヌは狩りに使う刀を、腰に差して歩いていると思っているんですか？　ごらんのように、物騒なものは、何も持っていませんよ」

金子は、立ち上がると、大きく手を広げて見せた。

「では、なぜ、今日、飯田線に乗って、小和田駅に行ったんですか？」

と、横から、北条刑事がきいた。

「それは、時刻表で、小和田駅の写真募集の告知を見て、私も、応募してみようかと思ったんです。私にとって、小和田駅は、彼女との思い出の場所ですからね」

「すると、金子さんも応募するつもりですか？」

「当たり前でしょう。だから、携帯の他に、デジカメも持参しているんですよ」

金子は、今度はポケットから、小型のデジカメを、取り出して、机の上に置いた。

「刑事さんのおかげで、今日は、小和田駅を撮り損ないました。私にも、応募する資格はあると思いますが」

「もちろんです。明日も、小和田駅の写真を撮りに来るつもりですか？」

と、十津川は、聞いた。

金子は、微笑して、

「仕事がありますから、時間を見て、また、来ます。小和田駅には、亡くなった彼女が特に好きだった場所があるんです。できれば、そこの写真を撮って、応募したいと思っているんです」

と、いう。

帰りしなに、こんな事も、いった。

「私は、リンチはしませんから、次に飯田線や、小和田で、私を見かけても、刑事さんに私を拘束しないように、いっておいてくれませんか」

と。

金子の姿が、消えてから、

「金子の言葉は、信じられるか？」

と、十津川は亀井に聞いた。

「信じられません。それに、心配な事があります」

と、亀井が、いう。

「何が心配だ？」

「彼の父親は、猟師で熊撃ちの銃を持っていると聞いた事があるんです。もちろん、銃所持の許可証も、持っていると思います」

「忘れていた。問題は、金子自身も、許可証を持っているかだ」

十津川は、急いで旭川の北の大地アイヌ協会に電話した。

金子太郎の亡くなった父親の猟銃は、今、誰が持っているのか、息子の太郎も、銃の許可証を持っているのか、を聞いた。

答は、一時間とかからぬ中に、知らされた。

「金子の父親は、猟銃を二丁持っていましたが、その一丁は、友人で同じ猟師に譲られています。もう一丁は、息子の太郎が、持っています」

と、電話で教えてくれた。

「それで、金子太郎は、銃の許可証を、持っているんですか？」

「父親が亡くなる前年に、許可証を取得しています」

「どんな銃ですか？」

「イギリス製の水平二連銃です」

「金子の腕前は、どの程度のものですか？」

「射撃大会に出た事がないので、はっきりしませんが、二年間で熊を一頭仕留めただけですから、まあ、素人に毛が生えた程度じゃありませんかね」

「問題の水平二連銃は、今、何処に保管されているかわかりますか？」

「多分、金子太郎本人が、保管している筈です。彼が、帰宅したら、聞いて、ご返事を差しあげます」

と、相手はいった。

この時間、まだ金子太郎は、旭川には帰っていないのだ。

返事は、翌朝にあった。

「昨夜、おそく帰宅した金子太郎本人に会って、確認しました。イギリス製の水平二連銃と実弾二百五十三発、間違いなく、本人が保管していました。許可証も見せて貰いました」

と、いう。

「実弾二百五十三発ですか？」

「そうです。数えました」

「二年前に、父親から、譲られたんですね？」

「そうです」

「その時、実弾は、何発あったかわかりますか？」

「本人の話では、二百発入りの箱二箱だといっています」

「すると、四百発ですね。その後二年間に、百四十七発撃ったという事ですね」

「猟師としては、少ないと思いますよ。二年間で熊一頭ですから、当然かもしれません」

と、いう。

しかし、金子太郎は、北の大地アイヌ協会の職員で、猟師は、本職ではないだろう。そのことは、二年間で、熊一頭という事が、示しているだろう。

亡くなった野田花世も、彼が猟師の免許を持っている事は知らなかったようだし、十津川も知らなかった。

とすれば、二年間、ほとんど猟師としての仕事はしなかったのではないか。

だとしたら、二年間で百四十七発というのは、少ないというより、多いのではないだろうか。

十津川が、心配するのは、熊一頭を仕留めるために、四、五十発を使用、残りの百発前後は、ここに来て、突然使用したのではないか、という事だった。

更に、具体的にいえば、問題のポスターを見て、金子は、片桐直人が、飯田線の小和田駅に現れるだろう、と思った。

そこで、遠くからでも、猟銃で殺す事を考え、急に山の中に入って、射撃の練習を始めたのではないか。

それが、弾丸百発の消耗ではないのか。

十津川は、万一に備えて、刑事たちに、拳銃を持たせることにした。

その一方で、写真の集まり具合も気になった。

片桐直人は小和田駅に取り付けた四台の監視カメラに、とうとう写らなかったし、毎日、飯田線で小和田に通った刑事たちの目撃もなかった。

それでもなお、十津川は片桐直人は、必ずどこかで顔を出すという、確信を捨てなかった。

2

飯田線の広報担当者から電話が入った。

「小和田駅の写真がどんどん、送られてきています。金子太郎さんからの写真も着きました。五枚一組で、いい写真ですが、片桐直人の名前のものは、まだ、着いておりません。今日までに集まった数は、千二百六組で、ほぼ、日本全国から送られてきています」

と、広報担当者はいった。

締切が迫っても、片桐直人の名前の写真は、送られてこなかった。

「どうやら君の負けだな」

と、三上刑事部長が意地悪くいった。

締切の七月末日（三十一日）になっても、片桐直人名義の写真は着かない。

さすがの十津川も降参しかけた。が、翌八月一日、空気が一変した。

この日の午前中に、最後の応募写真が、飯田線の「秘境駅小和田係」宛に届いたのである。

一見、締切に一日遅れている。しかし、「当日消印有効」なのだ。五枚の写真の入った封筒の消印は、間違いなく、前日の七月三十一日締切日になっていた。

飯田線の広報担当者が、興奮した口調で十津川に電話してきたのだ。

「しかも、差出人の名前は、大和雅人《やまとまさと》になっています。確か、この名前は、片桐直人が、時たま使うペンネームといわれたんじゃありませんか――」

「すぐ、そちらに行きます！」

と、十津川は叫んでいた。

今度も、北条早苗刑事を連れて行った。待ち構えていた広報担当者が、封筒と、中に入っていた五枚の写真を、十津川に示す。

十津川は、まず封筒の裏に書かれた差出人の名前を見た。

大和雅人

と、サインペンで書かれていた。

住所は「旅行中」となっていて、住所の代わりに携帯の番号が書いてあった。

「この番号にかけてみましたか？」

と、十津川が聞いた。

「何回かかけてみましたが、話し中でした。多分、向こうが、そうした状態にしていたんだと思います」

と、広報担当者がいう。

十津川は、封筒の裏を見た。

消印は、九州の高千穂《たかちほ》になっていた。日付は、間違いなく七月三十一日の一八—二四である。当日消印なのだ。

高千穂は天孫降臨の舞台だから、日本神話好きの片桐直人の旅行先にふさわしい。

そこまで確認してから、五枚の写真に、眼を移した。

五枚とも、間違いなく、小和田駅の写真である。

「片桐直人は、とうとう、小和田駅に現れなかったんですよね？」

と、広報担当者が、十津川にいう。

「その通りです」

「と、すると、この小和田駅は、別人が撮ったものじゃありませんか？」

「いや、そうとは限りませんよ」

と、十津川はいった。

十津川は、何となくだが、片桐直人（大和雅人）は、自分以外の人間の撮った写真を、応募してくる筈はないと思っていた。

五枚の写真を、ゆっくりと、丁寧に見ていく。

十津川の次には、北条早苗が、見ていく。

突然、早苗が「あッ」と、声を出し、

「この写真」

と、五枚の中の一枚を指さした。

小和田駅のホームを撮った写真だった。

秘境駅の閑散としたホームである。

ただ、ホームの端に、小さく、カップルを写していた。

撮影者は、ホームを撮りたかったのか、カップルを撮ったのか一見、はっきりしない。

早苗はじっと、その写真を見ていたのだが、

「この二人、野田花世と恋人の金子太郎じゃないでしょうか」

と、いう。

十津川にわかったのは、撮影者はホームを狙って写したのではなくて、遠く離れたホームの端にいるカップルにピントをあわせて撮っていることだった。

「とにかく、この部分だけ伸ばしてみよう」

十津川たちは五枚の写真を、応募された時の封筒に戻して東京に持ち帰った。

まず、プロに頼んでカップルの部分だけを引き伸ばしてもらう。しかし、ある程度以上引き伸ばすと、かえってボケてしまった。最大限に引き伸ばしてもらったが、それでも顔は、はっきり見えない。このカップルが野田花世と金子太郎だという確信を持てないので

ある。それでも早苗は、

「この女の人、どこかを、指さしています。この指さしの仕方が間違いなく野田花世です」

といい切った。大学時代からの親友の証言である。十津川はその言葉を信じることにした。これは間違いなく小和田駅のホームを撮ったのではなく、ホームの端にいるカップルを狙って撮ったのである。

撮影者の執念を感じられる写真だった。十津川は、この五枚の写真全てを、片桐直人が事件前に撮った写真と断定した。

その旨を十津川は、三上刑事部長に報告した。

「刑事部長がいわれた通り、片桐直人は写真の募集が始まってから、自分で小和田駅に来たことはなかったと思います。しかし違った形で写真を応募してきました。これは、それだけ片桐直人が自分に自信を持ち、今回の募集の主役になろうと考えている証拠だと思います」

「それで、これからどうするんだ?」

「飯田線の広報部では、十月一日に優勝、特別賞などを発表します」

「それで、君が片桐直人が撮ったと考えている写真を優勝させるのか?」

「それでは、余りにもやり過ぎで、かえって片桐直人を警戒させてしまいますから、飯田線に、この写真には特別賞を与えるように頼んでみます。優勝は別の人にします。そうすれば必ず、片桐直人は現れます」

と、十津川はいった。

発表前日に、広報担当者から十津川に連絡が入った。

「例の、大和雅人さんからうちに電話が入りましたよ」

と、いう。十津川はその知らせにほっとしながら、

「どんな電話でした？」

「自分も応募したんだが、どんな具合ですかと聞かれましたね。応募作品が沢山集まっていて、喜んでいます。明日、発表があるので楽しみにお待ち下さい、そう答えました、あまり色々答えるとまずいと思ったので、努めてあいまいに答えました。そうしたら、どこに発表するのかと聞かれたので、まず、飯田線の車内と各駅、それから、東京駅で発表し、時刻表の今月号にも、大きくのせることになっていると、いっておきました。最後に、楽しみにしていると、二度、繰り返して電話が切れました。十津川さんにいわれていたので、録音しておきましたので、あとで、お渡しします」

と、いう。

「ぜひ、聞かせて下さい」

と、十津川は、いったあとで、付け加えた。

「私としては、すでに、あの写真を送ってきた大和雅人は、片桐直人本人だと確信しています」

それでも、この知らせのあと、十津川は、亀井に、いった。

「これで、ほっとしたよ。ひょっとすると、片桐は、写真を送ってきただけで、何も行動を起こさないのではないかと、心配していたんだ。これで、片桐が、送りつけた写真について、その結果にも、執着心をもっていることが、わかったからね」

「それで片桐直人には、どんな賞を与えることになっているんですか？　公に募集したものですから、あまり無理なことは、できないと心配しているんですが」

と、亀井が、いう。それは、十津川の心配でもあった。殺人犯逮捕のためといっても、無茶なことは、飯田線の信用を傷つけることになってしまうからだ。

「飯田線側には、こちらの要望は伝えてある。片桐の写真を優勝にはしないで欲しいとね。そんなことをしたら、飯田線のためにもならないし、片桐も警戒させてしまう。それで、審査員には、出来れば、片桐は特別賞にして欲しい。そして、片桐の自尊心をくすぐるような選評を書いて下さいと、お願いしてあるんだ。強制は、していない」

と、十津川は、いった。

「それだけの餌で片桐は食いついてくるでしょうか？」

「どんな形でかはわからないが、式場に必ず姿を現す。私はそう信じている。彼はそういう男なんだ」

翌、十月一日。飯田線の車内と各駅に、一斉に結果発表のポスターが貼られた。そして東京駅の待合室にもである。十津川が出来ればと頼んだ通り、審査員は有名な写真家と鉄道関係の専門家たちである。

優勝は、片桐直人ではなくて五十歳の鉄道マニアだった。特別賞に推されたのは片桐直人のペンネームである大和雅人になり、十津川が頼んだ通り、二人の審査員が気の利いたコメントを、添えてくれた。

「この写真には、奇妙な楽しさ、面白さ、そして人生が感じられる。技術的には不満もあるが、それを補って余りあるこの写真家自身の人生が、そして秘境駅の哀しみが、五枚の写真には込められていてこれを推すのに躊躇《ちゆうちよ》はしなかった。本人に会って、どんな人生を送ってきたのか聞いてみたいと思っている」

これが二人の選評であり、くすぐりだった。十津川はその文章に満足した。これでたぶん、大和雅人こと片桐直人は、九日後の授賞式に姿を現すだろう。そう確信した。

十津川はわざと、授賞式の十月十日まで刑事たちの動きを禁止した。十日の授賞式には必ず片桐直人がやって来る。それまでの間に、彼を警戒させては元も子もないと思ったからである。

「片桐直人はこれから十月十日までの間、何を考えて過ごすんでしょうかね？」

それが、刑事たちの間のあいさつになった。それに対する十津川の答えは、

「本人としては、自分の写真が特別賞になったことを周囲に喋りたくて仕方がないだろう。しかし、それを警察に知られることも、危険だと思ってもいるだろう。だから、どんな形でそれを喋ろうとしているのか、楽しみにしているんだ」

だった。

最初の反応は、叔父である坂口健太郎への電話だった。これは坂口が十津川に知らせてくれた。結果発表のあった翌日である。

「夜中に突然、片桐から電話がありましてね。旅行が好きかときくので、『暇があったら旅行する事にしている』と答えたら、『それなら東京駅の待合室に行ってくれ、そこに飯田線という路線が主催した、秘境駅の写真コンテストの発表が出ている。それが東京駅の待合室に貼ってあるから見に行ってくれ』というんですよ。それがお前とどう関係あるん

だといったら、笑ってましたね。それで電話が切れてしまったんですよ」

十津川は、始まったなと思った。片桐は特別賞を貰った事を誰かに知らせたくてたまらないのだ。しかし、あからさまに知らせたら警察に感づかれてしまう。そう思って、まず叔父に電話したのだろう。

次の反応は十月五日にあった。この日、アマチュアの日本神話研究会の会合が世田谷区の区民会館であり、五十人ばかりの会員が集まったのだが、そこに片桐直人のペンネーム、大和雅人で一文が寄せられたというのである。ただ、彼自身は現れなかったという。

その手紙に、大和雅人こと片桐直人は次のように書いていた。これも日本神話研究会の幹事が十津川に見せてくれた。

「私は、昔から日本の神話が好きでした。『古事記』『日本書紀』、全て好きです。その為、この会に入りました。一方、私は、実証好きな性格なので、日本全国を回って、日本の神話が現代にどう生きているかを調べてきました。その結果、豊橋を起点とする飯田線の沿線が日本神話に溢れていることがわかりました。何回も乗り、古事記や日本書紀、それと密接な関係のある出雲神話とも縁の深い、幾つかの駅が飯田線にあることを発見しました。私は飯田線を愛し、飯田線の写真を撮り続けました。

今回、飯田線が、秘境駅の写真を募集したので、それに私が喜んで、中で最も有名な小和田駅を撮影して応募したものが、幸いにも特別賞を受賞しました。授賞式は十月十日に行われます。その後に、写真を皆様にもお見せしたい。ただ、私は日本書紀を訪ねる旅を一人で計画し、実行している最中なので、皆様にお会い出来る時間がありません。その為、今回発表された私の写真を研究会に送りたい。そして研究会で皆様に見て頂きたい。そう考えております。

以上、近況のお知らせまで」

「自信満々ですね」

と、亀井が苦笑した。

「自信満々だから、十月十日の授賞式には必ず現れるよ。受賞者として現れるかはわからないが」

と、十津川はいった。

珍しかったのは、片桐直人が卒業した福島の高校の、当時の担任からの電話だった。高木《たかぎ》という教師は、電話を替わった十津川にいった。

「突然、片桐君から電話がありましてね。今回、飯田線が主催している秘境駅の写真が特別賞になった。十月十日に授賞式がある。学生時代、先生には色々とご迷惑をおかけしたが、今回趣味の写真と日本神話の研究で、この賞を頂いた。先生にお礼をいいたくて突然電話しました。そういっていましたね。しかし、片桐君は殺人の容疑者になっていたんじゃありませんか。それで、電話を差しあげたんですが」

と、高木教師が聞く。

「確かに容疑者になっています。ところで、高校時代の片桐さんは、どんな生徒さんだったんですか？」

逆に、十津川が聞いた。

「正直、勉強は出来ませんでしたね。というより、やれば出来るのにやらないんですよ。そして、自分の趣味を、ひとりでやってましたね。覚えているのは、日本神話ですよ。日本神話の謎を解くんだとかいって、夏休みに、カメラを持って出雲や九州を歩き廻っていたようです。私も、突然、古事記や日本書紀について、訊かれてあわてたことがありましたよ。それにしても、片桐君は、殺人事件の犯人なんですか？」

と、高木教師は、何度も聞く。高校時代の担任にしてみれば、写真コンテストで特別賞を貰ったことより、殺人事件の犯人かどうかの方が、よほど気になるのだろう。

「高校時代から、片桐君には、危なっかしいところがありましたか？」

と、十津川は聞いてみた。

「危なっかしいところは、特にありませんでしたが、異常なほどの自信家でしたね。なぜ、あれほど、自分の考えに自信が持てるのか、不思議でした。それで、よく、友だちと喧嘩をしていましたよ。あのまま、大人になったら、まわりと喧嘩になって、困るんじゃないかと、心配だったので、卒業の時に、『もう少し、謙虚になりなさい。そうしないと、損をするよ』と注意したんですが、笑っていました」

と、高木はいった。

「片桐君は、高校時代から、ガールフレンドはいましたか？」

と、十津川は聞いた。

「それが、不思議なんですが、いましたね。大人の私から見ると、あの自信満々さは、嫌味なんですが、女生徒の中には、それが頼もしく見えた者がいたのかもしれません」

と、高木は答えた。

「他に、片桐君のことで、何か気になることはありますか？」

「そうですねえ。あの頃、この生徒は世の中というか、人生を甘く見ているな、と思って、このまま大人になったら、心配だなと思っていたんです。どうなったんですかねえ」

と、高木はいった。

その結果は、十月十日に、はっきりするだろうと、十津川は思ったが、高木教師には、いわずに電話を切った。

授賞式の会場の写真は、十津川たちのところにも送られてきていた。

その何処にカメラを置くかは、すでに決めてあった。

会場の隣りに控室があり、当日、十津川たちは、その控室で警備に当たることになっていた。

十津川は片桐直人が受賞者として、出席はしないだろうと読んでいた。そんなことをすれば、あっさりと身柄を確保されてしまうからだ。

代理を出席させ、賞状と賞金を受け取らせるだろうと、十津川は考えていた。

それでも、片桐直人本人も、会場に来ると、十津川は確信していた。

そうした危険を冒しても、式場と授賞式の様子を楽しみに来る男だと、見ているのだ。

その様子を、カメラに収めて、後で楽しむ気かもしれない。

もう一つ気にかかるのは、金子太郎の動きだった。

それに拍車をかけるような知らせが、旭川の北の大地アイヌ協会から、十津川に届いたのである。

それは、金子が十月十日に、休暇願を出していることだった。

「そちらの授賞式に合わせているのかもしれませんが、訊いても否定されれば、それで終わりですから、質問はしていません」

と、北の大地アイヌ協会の事務所の職員は十津川にいった。

「金子太郎のことを考えると、問題は猟銃だろう。一時的に、押収することは出来ないのか？」

と三上刑事部長がいう。

「難しいようです。金子太郎は、銃の所持許可証を持っていますし、猟師の免許も持っています。それに、彼の持っている銃を押さえても、亡くなった父親が猟師で、いまも、猟師仲間は健在ですから、彼らから銃を借りることも可能です」

と、十津川は、答えた。

第七章　終局への戦い

1

十津川は、片桐直人が、授賞式会場に現れると確信はしていたが、どんな形で現れるかは、わかっていなかった。

どんな形で現れても、対応できる必要があるので、さまざまな形を想像していた。

そのために、警視庁から、十津川を含めた二十人の刑事が現場に行くことが決まり、県警からも、同じく二十人が動員されることが決まった。

県警の責任者は、原田《はらだ》という五十歳のベテランの警部で、彼とは、二人だけで、話し合った。

大和雅人こと片桐直人のことも話し、彼の写真はコピーして、二十枚を渡した。片桐が野田花世を殺したと考えられる理由も説明した。それには、肯いてくれたが、授賞式に彼が必ず現れるという十津川の考えには、首をかしげた。

「片桐という男は、バカじゃないでしょう？」

と聞く。

「頭はいいと思います」

「それなら、捕まるとわかっていて、姿は現さないでしょう？」

「ですから、授賞式に現れるように、彼に特別賞を与えたのです。彼は、自己顕示欲が人一倍強い男ですから、絶対に、授賞式に行きたくなるだろうと、計算してです」

「その計算は、間違っているような気がしますが」

「もちろん、われわれも、片桐直人が、のこのこ、賞金の百万円を受け取りに現れるとは思いません。多分、代理の人間が、現れる筈です」

「それでは、片桐直人は、逮捕できないでしょう？　誰かわからない代理人を尾行して、本人が、現れるのを待つんですか？」

原田は、まだ、首をかしげたままだ。

「それは、考えていません」

と、十津川は、いった。

「え？　それなら、どうするんです？」

「片桐は、授賞式に出席したい筈です。しかし、自分が、特別賞を受け取りに出て行くわけにはいかない。警察が張っていることは、わかっているでしょうからね。だから、代理人に受け取らせる。ここまでは、当たっていると思うのです。問題は、そのあとなのです。片桐という男の性格から考えて、会場にいて、代理人が特別賞を受け取るのを、見たい筈なのです」

「確か入場は自由でしたね？」

「そうです。鉄道ファン、飯田線ファンなら、誰でも自由に入場できる。これは、主催者の考えです」

「豊橋市内のホテル『とよはし』の二階、『さくらの間』で、収容人員は、八百人でしたね。入場無料。しかし、入口では、われわれ警察が、チェックしている」

「そうです。当日は、よろしくお願いします」

「それでも、片桐は、必ず、現れると、信じているんですか？」

原田は、また、聞く。やっぱり、信じていないのだ。

「彼が、用心して、授賞式に現れないような人間なら、今回の写真の募集に、送ってきたりはしない筈です。だから、こちらも大和雅人こと片桐直人に、特別賞を贈ることにしたんです」

「そうすれば、片桐は、必ず、授賞式に現れるだろうと、読んでですか？」

やっと、原田は、少しばかり、十津川の言葉を信用してきたらしい。

「そうです」

「じゃあ、変装ですか？　変装して、入場者にまぎれて会場に入り、代理人が受賞するのを見て、満足するということですか？」

「それは、最初に考えました。しかし、そんな平凡な方法は取らないと思います。会場に入る時は、一人一人、調べるわけに行きませんから、変装すれば、われわれの眼をかいくぐって、入場できるかも知れませんが、帰る時は、われわれが、じっくりと、一人一人調べますからね。逃しません。そのくらいのことは、片桐もわかっていると思うのです」

「それでも、なお、本人が、会場に現れると考えるのですね？」

「そうです」

と、十津川は、肯いた。

今度は、原田は、反対はせず、ちょっと間を置いてから、

「わかりました。われわれも、そのつもりで協力させて貰います」

と、いってくれた。

2

十津川たち二十人は、授賞式の前日、十月九日に、豊橋市内のホテル「とよはし」に、移った。

県警の刑事たちと、一緒に、ホテルの二階にある広間「さくらの間」を、見ることにした。

このホテルでは、いちばん広いホールだった。

その「さくらの間」の両側に、控室がある。

その片方が、関係者の控室になっていて、早く来た受賞者も、この部屋で待つことになる。

反対側の控室には、「警備本部」の札がかかっていた。

二十人定員の部屋で、警視庁と県警の両方で四十人が控えるには狭いので、一応、ここは、警備本部ということで、殆どの刑事は、会場全体に散らばって、無線で連絡を取り合いながら、警備に当たることになる。

「さくらの間」の入口は、二カ所。

受付は、ＪＲ東海飯田支店の社員が当たるが、助手の形で、刑事がつく。

警備本部には、「さくらの間」に取りつけた十台のカメラの映し出す光景を、見ることのできるテレビ画面が並んでいる。

十津川たちは、その画面も確認した。

当日、警備本部には警視庁側として、十津川と亀井、県警側として、原田警部と、ベテランの吉田《よしだ》刑事が入ることも決まった。

その日、十津川たちは、ホテル「とよはし」に泊まった。

翌十月十日は、ウイークデイだったが、最近の鉄道ファンの増加や秘境駅マニアのせいか、開場前から、人々が集まってきた。

「さくらの間」の二つの入口にも、監視カメラが取りつけてあるので、十津川たち四人は、警備本部で、続々と、入場してくる人々を見ることができた。

十津川は、片桐の代理人が受賞に現れると思っている。が、どんな人間かは、わかっていない。男か女かも、わからないのだ。

授賞式の開始で、「さくらの間」の二つの入口は、閉められた。

その間に、片桐の代理人が、入ったのかどうかもわからないし、変装した片桐が人混みにまぎれて入って来ていても、気づかなかったろう。

ほぼ、満員である。

二つの入口の重いドアは閉められ、そこにはそれぞれ、警視庁二人、県警二人の四人、合計八人の刑事が張り付くことになった。これで、中に片桐がいるとすれば、簡単には逃げられないはずである。

授賞式が始まった。

十津川は画面を見つめた。

壇上が映っている。

中央には、大きな「小和田駅」のカラー写真が掲げられ、「飯田線　秘境駅　写真コンテスト」の文字が並んでいる。

その左側には、主催者、関係者が並び、右手は受賞者席である。

五つの椅子が並んでいるが、人が座っているのは、一つだけである。

中年の男性で、十津川は、写真を見ているから、優勝の男だとわかる。多分、二つ目の椅子は、受賞者の家族が来た場合に備えて用意されたものだろう。

佳作も出していたが、授賞式には呼ばず、直接賞金を贈ることになっているから、当然、椅子の用意はない。

とすると、あとの三つが特別賞受賞者のための席である。本人、家族、或いは代理人のために用意されたものだ。

だが、三つとも、空いたままである。

それでも、授賞式は始まった。

優勝者の名前が、呼ばれた。

中年の受賞者が、立ち上がり、中央で、飯田支店の支店長から、賞状を受け取っている。

あとは、記念品と五百万円の目録を受け取り、受賞の言葉を喋って終わりだ。

次は、特別賞である。

「式場に行ってみよう」

と、十津川は亀井を促した。

刑事に、後ろのドアを細めに開けて貰って、二人は会場に、身体を滑り込ませた。

壇上では、優勝者の受賞の言葉が、終わったところだった。

次は、いよいよ特別賞である。

十津川と亀井は会場の一番後ろから、壇上を見ていた。

司会者は、地元のテレビ局のアナウンサーである。

「次は、特別賞ですが、受賞者の大和雅人さんは、まだ、お見えになっていないようですね」

と、受賞者席を見てから、司会者は、会場全体を見廻した。

「もし、この会場に、大和雅人さんのお知り合いの方がいて、代理人の資格をお持ちでしたら、ぜひ、壇上に上がって頂けませんか」

と、呼びかけた。

とたんに、会場の真ん中あたりの座席から、勢いよく立ち上がって、右手をあげた人間がいた。

女性である。

十津川からは、後ろ姿しか見えないので、顔も年齢もわからない。

「大和雅人の代理を頼まれました！」

と、大声で、叫ぶようにいった。

「お名前は？」

「三浦綾乃《みうらあやの》です！」

女は名前を叫びながら、壇上に向かって歩いて行く。

「代理人だという証拠は、お持ちですか？」

司会者も、つられて、大声を出している。

「大和雅人の委任状を持っています！」

三浦綾乃と名乗った女は、紙片を、右手に振りかざしながら、壇上に上がっていく。
十津川と、亀井は、右側の空いている通路を走って、壇上に飛び上がった。
司会が、「どうしたもんでしょうか？」という顔で、十津川を見た。
（とにかく、予定どおり、進行して下さい）
と、十津川は、合図を送った。
壇上に上がった女は、紙片を司会者に見せた。
「委任状」だった。

今回の写真コンテストで、特別賞を受賞しましたが、先日、自動車事故にあい、授賞式に行かれなくなりました。
そこで、友人の三浦綾乃に代理人として行って貰うことに致しました。よろしく、ご配慮のほど、お願いいたします。
写真コンテスト特別賞受賞者・依頼人
大和雅人

大和雅人の名前の横に彼の写真が、貼ってあった。

司会者も、警察から、大和雅人こと片桐直人の写真を見せられていた。だから、十津川に、オーケイの合図を送ってから、三浦綾乃と名乗った女性に、

「わかりました。代理人と認めます」

と、小声でいい、次に、会場の人々には、声を大きくした。

「お集まりの皆さん。今日注目されていました特別賞ですが、受賞者の大和雅人さんが先日自動車事故にあわれて、来られなくなりました。大和さんの友人の三浦綾乃さんという方が、委任状を持ってこられたので、ご本人に代わって、受賞されることになりました。皆さんも、拍手をもって、お迎えになって下さい。こちらが三浦綾乃さんです」

改めて、彼女が紹介され、会場が戸惑いながら、一斉に拍手した。

そのあとは、予定どおりに進行していく。

代理人の三浦綾乃に、賞状と、百万円の目録が、渡された。

この時、彼女が、司会者に、いった。

「今日、来られなかった大和雅人から、受賞の言葉を預かってきました。ここで、代読してよろしいでしょうか？」

司会が、また、十津川を見た。

「オーケイ」

の合図を、十津川が、送る。

彼の眼は、三浦綾乃の顔を見ていなかった。見ていたのは、会場全体だった。

八百人あまりの入場者は、まだ、動かずにいる。

十津川の立場から見れば、会場に閉じ込められているのだ。

(この中に、間違いなく、大和雅人こと片桐直人がいる)

という十津川の確信は、変わっていない。

代理人の三浦綾乃は、片桐は、交通事故で来られなかったといっているが、十津川はそんな説明はまったく信じていなかった。

片桐は、晴れがましい会場の様子を、自分の眼で、確認したい筈である。だから、会場に来ている。

しかし、今、刑事たちが、会場になだれ込んで、片桐を逮捕しようとすれば、混乱に陥ってしまう。事故が起きる恐れがある。片桐が、何を考えているか、わからなかった。

十津川としては、授賞式が終わったあとで、片桐を逮捕することを考え、県警の原田警部とも、打ち合わせてあった。

まず、会場の二つの出口で、逮捕する。

万一、そこを突破されたら、一階への階段と、エレベーターの乗降口で逮捕する。

そこを突破されたら、最後はホテルの玄関と非常口である。そのいずれの場所にも、警視庁と、県警の刑事、警官が、配置されている。

十津川の最大の不安は、会場の八百人が、怯《おび》えて、パニックになることだった。暴走して、それぞれの出口に殺到したら、死傷者が出かねない。

刑事四十人と、警官六十人の合計百人が配置されているが、それでも、八百人は、抑え切れないだろう。

そこで十津川は、全て、予定どおりに進行させ、片桐が何の警戒心も抱かずに、帰路に就いたところを、殺人容疑で逮捕したいと思っていた。

代理人の三浦綾乃が、メモを取り出し、マイクに向かって、それを読み始めた。

十津川と亀井は、改めて、会場の人たちに眼を向けた。

入場者の眼が、一斉に、三浦綾乃に向けられている。

だが、片桐の眼、表情は、違っている筈だった。

多分、してやったりと、得意気な眼、表情をしている筈なのだ。

十津川は、眼をこらし、ゆっくりと、一人一人の表情を見ていった。

警備本部でも、県警の原田警部たちが、カメラの画面を見ながら、同じことを考えている筈だった。

もう一つ、代理人の三浦綾乃の運転免許証で本人確認を行ったあと、警察は、この女性が何者なのかの捜査に入っていた。

わかったことは、刻々と、無線で、十津川に、知らされてくる。

三浦綾乃　三十歳。独身
住所　世田谷区北烏山のマンション
職業　都内の大手銀行のＯＬ
趣味　日本神話研究会会員

ここまでは、すでに、調査して、十津川にも知らされていた。

この中で、重要なのは、住所と、趣味である。

世田谷区北烏山というのは、片桐の叔父が、町工場をやっている地区である。それに、片桐と同じ、アマチュアの日本神話研究会の会員なら、そうした二つの条件によって、二人が、親しくなったのではないかという想像ができる。

逆に考えれば、親しくなったから、神話研究会に入り、近くのマンション住まいになったのかも知れない。

三浦綾乃の代読が続く。

「――私の趣味は、日本神話の研究と、鉄道でした。鉄道では、豪華列車よりも、地方鉄道が好きでした。その両方を兼ねたのが、飯田線とわかって、初めて、飯田線に乗ったのですが、そこで、一人の女性と出会いました。

それが、先日亡くなった野田花世さんです。最初、単なる観光客かと思ったのですが、こちらが、飯田線に乗ると、たいてい、彼女も車内や駅で見かけるのです。それで、調べたところ、大手の旅行会社の人間で、現在、飯田線のために、広告キャンペーンの仕事をしていて、そのうえ独身、しかも、私と同じ日本神話に関心を持っていると知って、これは、絶対に逃してはいけないと思いました。

ところが、呆《あき》れたことに、彼女は、アイヌ出身で、日本神話に詳しい私と比べれば詰まらない青年と、つき合っていたのです。第一、アイヌ神話と、日本神話とは、何の関係もない。そんな青年とつき合うのは、絶対に許せないと、決意したのです。私は、全力をつくして、彼女を詰まらない青年の手の届かないところに隔離することに成功しました。ところが、警察は私の努力を評価するどころか、私を逮捕しようとしはじめたのです。それも、姑息《こそく》な手段を使ってです。

飯田線に協力させて、飯田線の秘境駅の写真コンテストをする。こんなのは、私をおびき出すための、チャチな芝居だ、ぐらいのことは、子供だって、わかりますよ。わからないとでも思ったんですかね。だとしたら、日本の警察はバカの集まりだ。

私は、その誘いにのって、小和田駅の写真五枚を応募した。彼女を手に入れるために、飯田線にしばしば乗っているときに撮った写真だ。

別に、写真の腕を自慢したくて、応募したわけじゃない。このコンテストが、警察の罠だということが、見え見えだったからだよ。

私が応募すれば、罠なんだから、多分、受賞するだろうと、思ったからだ。といっても、優勝させては、罠だと見えすいてしまうから、もっともらしく、特別賞にするのではないかと思ったら、ぴったり、特別賞だった。警察の皆さん、本当に、あんた方はバカ揃いだよ。

この辺で、一つ情報を提供しよう。

私は、会場の『さくらの間』の数カ所に、爆弾を仕掛けておいた。

面白い爆弾でね。会場の音響が、ある程度以上大きくなると、爆弾がいっせいに爆発するんだよ。

警察は、すぐ、入場者が騒がないように、努力した方がいいね。入場者が騒ぐと、自動的に、爆発が起きるからね。死傷者を出したくないだろう。早くしないと――」

「読むのを、止めろ！」

と十津川は飛び出して、三浦綾乃から、メモを奪い取った。

「何するんです？」

綾乃が、わめく。

「大和雅人は、何処《どこ》にいるんだ？」

と、十津川が叫んだ時だった。

スピーカーが叫んだ。

「いいか、注意しておくぞ。私は、爆弾と一緒に、『さくらの間』の数カ所に、拡声器も、取り付けておいたんだ。逆にいえば、この声の大きさなら、爆弾は爆発しないということだよ。この拡声器の音量は、六〇デシベルだ。どこまで数字が大きくなったら、仕掛けた爆弾が、爆発するかは、教えないでおこう。

ここまでいえば、警察も、自分のバカさかげんに、あいそがつきるだろう。そうだ。この辺で、私の遊び心を一つ教えてやろう。全く爆発しないのも、バカな警察が、私の力を過小視すると困るので、小和田駅の駅舎を、爆破しておこう。あの野郎が、大事な彼女と、いちゃついた駅舎も、これで消えるんだ。皆さん、一緒に数えましょう。五、四、三、二――」

誰も、これに合わせようとはしない。

会場を支配しているのは、重苦しい沈黙だった。

壇上では刑事が、三浦綾乃を拘束している。

会場にひびくのは、犯人の声だけだった。

「――一、どかーん。ただ今、秘境駅の代表、小和田駅の駅舎は、消えました。これで、秘境駅の一つが消えましたが、その責任は――」

スピーカーの声は、続いている。

「どうしますか？」

壇上で、亀井刑事が、十津川を睨《にら》むように見た。

十津川は、マイクを手に、会場の人々に話しかけた。

「今、会場のドア二つを開けるので、静かに出て、一階へおりて下さい。くれぐれも、音を立てないように。また、一階におりたら、ロビー周辺にいて下さい。警察が、皆さんにお聞きしたいことがありますから」

人々も、不安気に押し黙って、会場から出て行った。

刑事たちは、彼等を、一階のロビーに、案内して行く。

その間も、二階の「さくらの間」には、複数のスピーカーを通して、片桐の声が続いていた。

十津川たちは、人々の消えた会場を、探した。

八百人分の椅子が、並んでいる。その椅子の間を、探して歩く。県警の原田警部と、部下の刑事も、力を貸した。

「ありました！」

と、亀井が、叫び声をあげ、他の刑事たちが集まった。

椅子の下に、レコーダーがあった。スイッチが入っている。このレコーダーから発信し、会場の何処かに、置かれたスピーカーに、片桐の声を飛ばしているのだろう。

亀井が、レコーダーの電源を、切った。

が、何故か片桐の声は、消えずに、続いている。

同じ大きさで、会場に、響き渡っているのだ。

「このレコーダーは、陽動作戦だ」

と、十津川は、いった。

「ホンモノを探そう」

会場に並んだ椅子を畳んで、ホールの隅に、重ねていく。

その間も、片桐の声は、聞こえている。いまいましいが、レコーダーが、見つからないのでは、勝負にならない。

椅子は、うずたかく積み重ねられ、がらんとしたホールがむき出しになった。

だが、そこに、レコーダーは、見つからなかった。

その間も、容赦なく、片桐の話は続いている。


「――最後に、警察の方々と、それに協力した飯田線の方々に、ご苦労さんと、いいたい。どうやら、警察は、私が自己顕示欲の権化と考え、授賞式には必ず現れるだろうと踏んだのだろうが、残念でしたね。声だけの出演ということだって、あり得るんですよ。それに今日の授賞式の様子だって、現場に行かなくても、テレビで見られるんだからね。私が必ず現場に行くと考えるのは、いかにも、現場主義の日本の警察らしいが、時代おくれもいいところだよ。

多分、今日、会場に行った人々の中に、私が、まぎれていると信じて、一人一人しつこく訊問するのだろうが、やめた方がいい。

私は、その中には、いないよ。別の場所でソファにもたれて、ビールを飲みながら、テレビを見て、楽しんでいるのだ。

間もなく、このメッセージも、終わる。私の完勝だな。ああ、それから、私の代わりに、授賞式に出て貰った三浦綾乃君は、私の親しい女性だが、事件とは何の関係もない。私の秘密も知らないから、すぐ、解放しなさい。

さて、最後のメッセージだ。

ああ。誰か来たらしい。メッセージは、いったん中止だ」

なぜか、五、六分間も、片桐の声が、中断した。

十津川は、じっと待った。これから、時間をかけて、八百人の訊問をしなければならないのだ。五、六分の忍耐は、ものの数ではない。

七分。

片桐の声が戻ってきた。

「さて、最後のメッセージ。

警察がもたついている間に、私は、遠い場所、そうだな、ソファに腰を下ろして、紺碧《こんぺき》の海を眺めながら、勝利の余韻を楽しんでいる筈だ。

では、サヨウナラ――」

「畜生！」

と、刑事の一人が、うめくようにいった。

「最後の部分は、録音じゃありませんよ。片桐本人が、どこかで、喋っていたんです。それを会場に取り付けたスピーカーで、流したんですよ」

と亀井が、いった。

「賛成です」

と、県警の原田警部が、大声を出した。

「今日の入場者は、今、一階のロビーでしょう。もし、その中に、いるんなら、スマートフォンからスピーカーを使って最後のメッセージを喋ったんですよ。十津川さんも、犯人は、間違いなく、現場に来ているといったじゃないですか。すぐ、八百人の訊問を始めて、片桐本人を、逮捕しようじゃありませんか」

「行きましょう」

十津川は、応じて、一階のロビーに向かった。

ロビーには、人があふれていた。あふれた人たちは、隣りの「ふそうの間」にも入っていたが、もちろん、どちらも、警察がしっかり、押さえていた。

十津川は、多くの人が、携帯を使って、何処かに、連絡していることに苦笑した。

授賞式の終了時刻がずれた上、動きが止められてしまったので、その連絡に追われているのだろう。

十津川は、

(ここにいる大部分の人間に、それができたのだ)

と、思ったので、苦笑してしまったのである。

もちろん、実際にできるのは、片桐本人一人だが、前半の録音の部分だけなら、発信可能なレコーダーを持っていれば、放送は、可能なのだ。

十津川は、原田と顔を見合わせてから、

「始めましょう」

と声をかけた。

3

入場者一人一人の訊問が、始まった。

相手が、片桐直人本人でなくても、女性でも、住所、氏名、携帯番号などを確認してから解放した。

三浦綾乃と同じく、片桐に頼まれて、来ているかも知れなかったからである。八百人という人数が、少しずつ、減っていく。が、なかなか、片桐本人にも、彼を知っているという人間にも、ぶつからなかった。

残りが、百人を切ると、十津川の確信は、否応なく、少しずつ崩れていく。ロビーに、ばらばらに座っている残りの人々の顔は、いやでも、一人ずつ、確認できる。が、その中に、変装した片桐が、いるようには思えなかった。

十人、九人、八人と、ロビーに残る人数は、減っていく。

最後の一人、二十五歳の男から、事情を聞いて、帰宅させたあと、十津川は、授賞式の時に、拘束した三浦綾乃の訊問を開始した。

この訊問には、県警の原田警部も、参加した。

「まず、今、片桐直人が、何処にいるか、聞きたい」

と、十津川が、いった。

「そんなこと、知るもんですか。私は、ただ、頼まれて、大和さんの代理で、授賞式に来ただけだから」

と、綾乃は、怒ったようにいう。

「しかし、大和、いや、片桐が、殺人の容疑者だということを、知っていたんじゃないんですか？」

「いや、そんなこと、知りませんよ。知らないから、代理人になったんだもの」

「ここに、彼の受賞の言葉が、書いてありますね。あなたは、これを前もって読んでから、会場に来たんでしょう？」

「ええ」

「その中に、自分が好きになった野田花世という女性を、アイヌの青年から奪って殺したと書いてあるのを読んでも、平気だったんですか？」

「殺したなんて、書いてありませんよ」

「アイヌの青年の手の届かないところに、といった形容があるじゃありませんか？」

「でも、殺したとは、書いてありませんよ」

「殺したという想像は、働かなかったんですか？」

「ぜんぜん」

と、綾乃は、笑う。本心でいっているのかどうか、わからない。

「賞金百万円を受け取ったら、本人には、何処で渡すことになっていたんですか？」

と、亀井が、聞いた。

「それは、大和さんの方から、連絡してくることになっていたんです」

「いつ？」

「二日後です」

「なぜ、二日後なんだ？」

と、十津川が、聞いた。

「落ち着くのに、二日はかかるといってたから」

と、綾乃が、いう。

「落ち着くのに、二日もか」

十津川は、呟いてから、片桐の最後のメッセージを思い出した。

(ソファに腰を下ろして、紺碧の海を眺めながら)

と、いった。あの紺碧の海は、日本の海ではなくて、外国、例えば、東南アジアの海のことをいっていたのではないか。

それなら、向こうのホテルに落ち着くのに、二日は、かかるかも知れない。

「片桐直人は、金持ちなのか？」

と、十津川は、綾乃に聞いた。

「そうですよ。だから、鼻っ柱が強いのよ」

と、綾乃がいう。

「どうして、彼は、金を持っているんですか？」

「彼の叔父さんが、世田谷で、小さな工場をやっているんだけど、儲《もう》かっているんですって」

「その工場のことは、知ってる」

「もともと、彼のお父さんと、その叔父さんの共同経営だったんですって。彼のお父さんが亡くなった時、その持ち株をゆずって、その代わりに、二億円近くの収入があって、それを、彼が貰ったわけ」

「なるほど。それで、犯人に、余裕があるのか」

と、これも、十津川の呟きである。

このホテル「とよはし」は、豊橋では、高級ホテルである。

そのホテルの広間である。

犯人は、そこの何カ所かに、スピーカーを仕掛けた。自分で仕掛けたにしろ、他人に頼んだにしろ、金はかかった筈である。

その金は、持っていたことになる。

十津川に続いて、綾乃を訊問していた県警の原田警部が、

「どうやら、片桐直人は、東南アジア、それもジャカルタに、逃亡するつもりのようです」

と、いった。

「彼女が、そういったんですか？」

「彼女の話によると、彼が、二日後に連絡するといったので、どうして、二日もかかるのと聞いたところ、以前、ジャカルタに、一カ月ほどいたことがある。いい所だと、彼が、いったというんです。ですから、ジャカルタに逃げようとしていると思われます。すぐ、中部国際空港に行ってみます。うまくいけば、犯人を、逮捕できるかも知れません」

原田が、勢い込んで、いう。

「わかりました。私も、あとから、行きます」

「あなたは、東京の空港を押さえて下さい」

と、いい残して、原田は、ホテルを飛び出して行った。

亀井が、傍《かたわ》らに来て、

「警部も、海外逃亡説ですか？」

と、聞く。

「一応、羽田と成田に、刑事に行って貰おう。可能性ゼロじゃないからね」

と、十津川がいった。

「警部はどうされるんですか？」

「もう少し、ここにいて、考えたいことがあるんだ」

と、十津川は、いった。

そんな十津川に、三浦綾乃が、大声で、

「もう、帰っていいんでしょう？　私は、彼が何処にいるのか知らないんだから」

と、いった。

「駄目だ」

「どうして？」

「共犯の恐れがある」

「何の共犯？」

「ＪＲ飯田線の写真コンテスト委員会を欺《あざむ》いて、片桐の指示通りに動いた。だから、共犯の疑いがある」

「冗談じゃないわ」

「今日、われわれは、写真コンテストを利用して、片桐を、おびき出そうと考えた。片桐は、それを逆手に取って、授賞式を掻き廻そうと企んだ。あなたは、それに賛成して、片棒を担いだんだ」

「そんな。証拠があるんですか？」

「もちろん。ありますよ」

十津川は、何本かのビデオデータを、綾乃の前に置いた。

「何ですか？　それは――」

「今日の会場の何カ所かに、わからないように、カメラを隠しておいて、それで、授賞式の始まる前から、カメラを回しておいたんだよ。そのビデオデータだ」

「そんなものに、片桐さんは、写っていませんよ」

「私も、写っているとは、思っていない」

「じゃあ、私に見せたって、仕方がないでしょう」

「今もいったように、片桐が写っているとは、思っていないんだ」

「じゃあ、何のために？」

「あなたが、写っているから、一緒に見たいと、持ってきたんだよ」

十津川は、構わずに、ビデオデータをテレビ画面で、映していった。

会場の「さくらの間」に、どっと入ってくる人たちが、まず、映った。

椅子に腰を下ろす者もいれば、壇上近くまで歩いて行く人もいるし、何となく、会場の写真を撮っている人もいる。

そのうちに、隠しカメラの一台が、目立つ女性をとらえた。

椅子に座ることもなく、会場に入ってくると、いきなり、会場の壁伝いに歩き出した。時々、立ち止まると、何かの陰にうずくまっている。

「なるほど。そこに、小型のスピーカーを取りつけていたのか」

と、十津川は、呟き、若い刑事を走らせて、壁際の物かげに取り付けられていた小型のスピーカーを二つばかり、外して、持ってきた。

更に、ビデオを見ていくと、同じ女性が、椅子の下に何かを押し隠しているところが映った。すでに発見されているレコーダーだった。この女性は、ツバの大きな帽子をかぶっていて、顔が、隠れているが、そのあと、近くの椅子に腰を下ろしてから、帽子を取って、笑っている顔は、まぎれもなく、三浦綾乃だった。

「片桐直人の共犯の疑いで、逮捕する」

と、十津川がいうと、綾乃は、

「彼は、見つからないわよ」

と、笑った。

4

「片桐が今、何処にいるか、警部は、見当がついてるんですか？」

と、亀井が、聞いた。

「彼は、変装しているだろうが、必ず、授賞式の現場に来るといったじゃないか」

「しかし、会場に入っていた人々を調べましたが、片桐は見つかっていませんよ」

「ああ、だが、この近くにいる。会場の椅子の下に、彼女が隠したレコーダーを、無線で動かしたのは、片桐に違いないんだ。自分が吹き込んだ音声データを他人に任せる筈がないからね。その上、データだけでなく、今の自分の声を、スピーカーから、会場に流している」

「すると、会場の近くにいますね」

「そうだよ。近くにいた。いや、今もいる筈だ。彼は、一連の授賞式の動きを、近くで、見ている筈だ」

「この会場の近くというと、このホテルしか、考えられませんね」

と、亀井は、かすかに声をふるわせた。

「ぞくっ」としたのだろう。

「このホテルは、二十五階建てで、部屋数は、五百二十室だ。一泊三十万円という豪華な特別室も何室かある。片桐は、資産があるというから、そうした特別室に入っているんじゃないかと思う。名前は、誰かのものを借りていると思うが、ホテルも、高価な部屋の客ほど疑わないだろうからね。それに変装していれば、ホテル側はなお疑わないだろう」

十津川は、いい、亀井は、すぐ、今日のホテルの宿泊客について、ホテルのフロント係に聞いた。

「今日は、ほぼ満室で、ツインの部屋もありますから、六百十七人が、泊まっていらっしゃいます」

と、いう。

特別室は五室あり、満室で、一番短くても、すでに二日、泊まっている。

「『さくらの間』の真上にある特別室と、そこに泊まっている客のことを教えて下さい」

と、十津川が、いった。

「一〇〇一号室。十階の角部屋で、『さくらの間』の真上です。お泊まりのお客さまは、三日前からの方で、お名前は、井上孝次《いのうえこうじ》様。東京世田谷区の方です」

と、フロント係が、答えた。

十津川は、片桐直人の顔写真を見せると、

「違う方だと思います。井上様は、五十二歳で、顔が、まるで違います」

と、フロント係は、答えた。

（他のルームに、泊まっているのか？）

と、思ったが、このホテルの全室の客を調べるには、時間がかかる。

どうしたものかと、迷っていたが、

「一〇〇一号室は、何人部屋ですか？　シングルルームじゃないでしょう？」

と、十津川は、聞いた。

「もちろん、三人までお泊まりになれます」

と、フロント係は、微笑した。

「そこに、井上孝次という泊まり客は、ひとりで、三日前から泊まっているんですね？」

「そうです」

「あとから、一人か二人、その部屋に増えていませんか？」

「いえ。おひとりで、使っていらっしゃいます。ただ、毎日、お友だちが、訪ねてきていらっしゃるようで、三日間とも、夕食は、三人分のルームサービスのものを、お運びしています」

「夕食以外にも、ルームサービスを、頼んでいますか？」

「そうですね。軽食や、お酒、果物などをお運びしています」

「それも、三人分？」

「そうです」

「そのお客の顔を見たことは、ありますか？」

「いや。見ていません」

「と、すると、三人分といっても、泊まり客の井上孝次と、あと一人の合計二人分の注文かも知れませんね？」

「その辺のところは、わかりません。お泊まりのお客さまが、部屋に何人お客を呼ぼうと、確認していませんから」

と、フロント係が、いった。

「各客室のテレビには、館内テレビも映りますよね？」

「もちろん、映ります」

「客室にいながら、『さくらの間』での授賞式会場の様子を、館内テレビで、見ることはできましたか？」

十津川は、慎重に、確認していった。

「館内テレビで中継をしていましたので、見られた筈です」

「『さくらの間』に置いた、レコーダーを無線で動かすことが、一〇〇一号室から出来ますか？」

「ちょっと、無理だと思いますが」

「では、一〇〇一号室から、動かす方法は、全くないわけですか？」

「ちょっと考えにくいですね」

と、フロント係がいう。

「発信器の力を大きくしても無理ですか？」

「無理ですね。部屋の中から、では」

「部屋の外からなら、できますか？」

「できますが、部屋の外に出てやるのは、見られてしまう恐れがありますよ。特別室にお泊まりの方が、部屋の外で、発信器を動かしていたら不審がられますが」

「何とかして、一〇〇一号室のお客が、二階の『さくらの間』に置いたレコーダーを動かしたかったら、どうですか？　通路に出ないで、です」

「そうですねえ」

と、フロント係は、このホテルの図面を見ていたが、

「このホテルには、大きな非常階段が、二カ所についているんですが、その一つは、一〇〇一号室の裏口から出られるようにもなっています」

と、いった。

「二階の『さくらの間』の裏口にも、同じ非常階段が通っているわけですね？」

「その通りです。何かあれば、一〇〇一号室のお客は、非常階段を使って、逃げられます。二階の『さくらの間』の裏口すれすれに、脱出可能です」

と、フロント係は、教えてくれた。

「ですから、一〇〇一号室のお客は、非常階段を使って、二階の『さくらの間』の非常口まで降りていけば、会場のレコーダーを無線で動かせますよ」

「人間が、二階まで非常階段を降りていかなくても、発信装置を非常階段の『さくらの間』の裏手に当たる所まで運んで置けば、『さくらの間』に置いた小型のテープレコーダーは、動かせますね？」

十津川が、念を押す。

「もちろん、大丈夫です。井上様が、そんな真似をするとは、思えませんが」

と、フロント係がいった。

十津川は、黙って、館内電話を借りて、一〇〇一号室に、かけてみた。

「井上さんですね？」

「そうです。私のお客が、フロントに来ているんですか？」

「いや。今、その部屋は、井上さん一人ですか？」

「私一人ですが――？」

と、答える。が、何処か警戒する感じだった。

「私は、警察の人間です。井上さんにお聞きしたいことがあるので、これから、そちらの部屋に伺います」

十津川が、いうと、相手は、

「いや。少し待って頂けませんか？」

「誰か、お客さんが、いらっしゃるんですか？」

「いや。私一人ですが――」

「とにかく、今から伺います」

十津川は、目配せして、亀井と、部屋を飛び出した。

若い刑事二人がついてくる。

ホテルの端にあるエレベーターへ急ぐ。

「君たち二人は、非常階段から、一〇〇一号室へ上がれ。途中で、片桐が、おりてきたら、すぐ逮捕だ」

それだけを、若い二人の刑事に指示しておいて、十津川と亀井は、エレベーターに飛び乗って、十階のボタンを押した。

十階でおりたところが、特別室一〇〇一号室の入口に近い。

ドアを開けさせ、中に飛び込む。

五十代の男が一人で、他に誰もいない。

「片桐直人は？」

と、十津川が、怒鳴りつけた。

「逃げました」

五十代の井上孝次が声をふるわせる。

「あんたは、日本神話研究会の仲間だな？」

「そうです」

「片桐はどっちへ逃げた？」

「非常階段を使って――」

と、井上。

そこへ、二人の若い刑事が、部屋に近い非常階段を上がってドアから出てきた。

「非常階段でぶつかりませんでした」

と、一人が、いう。

「奴は、非常階段をおりずに、上がったんだ！」

十津川は、部屋を飛び出し、十階の通路を反対側に向かって、走った。

そこにも、非常階段のドアがある。

駆けろ。

突然、銃声が、走った。

十津川の顔色が、変わった。

反対側の非常階段に飛び出して、下を見た。

一階の踊り場に、男が倒れていた。

十津川たちは、非常階段を駆け下りた。

踊り場に倒れていたのは、やはり、片桐直人だった。

左足から、血が流れていた。

「右手のビルの屋上です」

と、亀井刑事が、いった。

「金子太郎か?」

「だと思います」

「逃げたか?」

「まだ、こっちを見ています」

と、亀井がいった。

十津川は、そちらには、眼をやらず、片桐に向かって、

「殺人容疑で君を逮捕する」

「おれより先に、おれを射った犯人を、逮捕しろよ。銃を持ってるんだぞ!」

と、片桐が、叫ぶ。

「わかっている。しかし、君を逮捕してからだ。向こうは、逃げないからな」

十津川は、片桐に、手錠をかけてから、亀井に、いった。

「救急車を呼んでくれ」

解説

細谷正充《ほそやまさみつ》
（文芸評論家）

路線の数だけ歴史がある。人の数だけ謎がある。西村京太郎のトラベル・ミステリーを読んでいると、いつもそんなことを感じる。

周知の事実であるが、作者のトラベル・ミステリーは、一九七八年にカッパ・ノベルスで刊行した『寝台特急《ブルートレイン》殺人事件』から始まる。自伝『十五歳の戦争 陸軍幼年学校「最後の生徒」』によれば、一九六五年に『天使の傷痕』で第十一回江戸川乱歩賞を受賞したものの、売れない時代が十年以上も続いた。初版の部数もどんどん減らされ、編集者からは「これからは、書く前に、どんなものを書きたいのか話して下さい。それをこちらで、書いたらいいか判断します」といわれる。屈辱を感じながらも、小説のネタになりそうなものを探し歩いていたそうだ。そして、

〝ある日、東京駅に行ったら、ホームに、カメラを持った子供が、やたらに沢山いる。

「東京駅に何しにきているのか？」

と、調べてみたら、ブルートレインの写真を撮りにきていることが、わかった。いわゆるブルートレイン・ブームである。

編集者に話したら、それで行きましょうという。実は、私はブルートレインにはあまり関心がなく、昭和七年の浅草を書きたかったのである。そのことを話したら、一言の下に、

「それは売れません」と、いわれてしまった。

編集者の眼は、確かだった。〟


と書いている。かくして生まれた『寝台特急《ブルートレイン》殺人事件』がヒットしたことにより、作者はトラベル・ミステリーを書き続けることになるのだ。なお、一九九六年の『浅草偏奇館の殺人』は、昭和七年の浅草で起こる、踊り子連続殺人事件を描いている。かつて書きたかったといった、昭和七年の浅草の物語なのであろう。このように作者は、自分の書きたい物語に対して、誠実な姿勢を貫いた。そしてその姿勢は、本書からも窺《うかが》えるのである。

本書『飯田線・愛と殺人と』は、「小説宝石」二〇一八年五月号から十一月号にかけて連載。二〇一九年十月に、光文社のカッパ・ノベルスの一冊として刊行された。警視庁捜査一課の十津川《とつがわ》省三《しょうぞう》警部を主人公にしたシリーズの一篇だが、今回、メインで活躍する

のは十津川班に所属する北条《ほうじょう》早苗《さなえ》刑事である。

なお、カッパ・ノベルス版のカバーには、飯田線を走る電車の写真が使われている。これは「読もう！　行こう！　長野×光文社　本屋さんへ行こう！」というキャンペーンに合わせて行われた、本作品のカバー写真募集のコンテストで、最優秀賞になった作品を使用したものである。実在の路線が出てくる、西村作品ならではのコンテストといっていい。

物語は早苗が、大学の同窓生の野田花世《のだはなよ》と、カフェで談笑する場面から始まる。旅行会社勤務の花世は、飯田線を使った三泊四日の旅行プランの作成に夢中になっている。ちなみに飯田線は、愛知県豊橋《とよはし》市の豊橋駅と、長野県上伊那郡《かみいなぐん》の辰野《たつの》駅を結ぶ、ＪＲ東海の鉄道路線だ。プランに夢中な花世の話を通じて、飯田線の特色を読者に伝える、作者のテクニックが巧みである。

久しぶりに友人との会話を楽しんだ早苗。だが二日後、調布《ちょうふ》のマンションで、刺殺された花世が発見された。捜査の参考になるかと思い、早苗は同僚の日下《くさか》刑事と共に飯田線に乗る。やがて旅行の企画で花世と知り合った、アイヌの青年・金子太郎《かねこたろう》が浮上。花世と太郎は付き合っていたようだ。また日本神話、とりわけ出雲《いずも》神話が好きだった花世が、所属している日本神話研究会の会報で、論争を繰り広げていたことも明らかになる。事件の真相は何か。飯田線と日本の歴史が絡《から》まった複雑な事件を、十津川班の面々は追っていくのだった。

カッパ・ノベルス版の「著者のことば」に、

〝飯田線は不思議な路線である。まず、地質調査に、北海道の荒野の調査に当たっていたベテランのアイヌを招聘《しょうへい》して調査を頼んだり、天竜川の対岸に橋をかけようとしたが、それが難しくて、途中からこちら側に戻る鉄橋になったり、最近、鉄道マニアが注目する辺境の駅も多く、辺境の駅だけを巡る特別列車も、出ている。

とにかく、一度は乗ってみたい楽しい路線である。〟

と書いている。恥ずかしながら、飯田線とアイヌの関係を知らなかったので、あわてて調べてみた。そしてアイヌの測量技師・川村《かわむら》カ子《ネ》トのことを知った。詳しいことは本書に書かれているので、そちらを参照していただきたいが、興味深い歴史を引っ張り出してきたものである。そして今も作者が、アイヌに関心を寄せていたことに感動した。というのも比較的初期に、アイヌを題材にした作品を書いているのだ。一九七三年の『殺人者はオーロラを見た』である。

『殺人者はオーロラを見た』は、アイヌのユーカラを使った〝見立て殺人〟と、アリバイ崩しに、法廷ミステリーの要素まで加えた贅沢《ぜいたく》な作品だ。事件の真相には、日本人によって蹂躙《じゅうりん》されてきたアイヌの怒りがあり、それを作者は力強く表現している。『四つの終止符』『天使の傷痕』など、初期の西村作品は、社会的弱者に注目した作品が多い。この作品も、そのひとつなのである。

さらにいえば、『ハイビスカス殺人事件』(こちらは沖縄の抱える問題を扱っている)に続いて探偵役を務めている、城西《じょうさい》大学の助教授・若杉徹《わかすぎとおる》は、アイヌの血を引いている。なぜか彼の登場する物語は二作で終わってしまったが、シリーズ・キャラクターにしようという意図があったのではないか。その探偵役に、アイヌの血を引くという設定を与えたことからも、作者がアイヌの問題に傾斜していたことを感じさせるのである。

だからこそ晩年の作品である本書で、飯田線の歴史に絡め、アイヌをクローズアップしたことに感動した。作者の社会や人間に対する視線は、変わることがなかったのである。また、日本の歴史に関する民俗学的な題材も盛り込まれている。思えば『殺人者はオーロラを見た』でも、若杉のアイヌ研究を通じて、古代史にアプローチしていた。トラベル・ミステリーに専念するようになっても、よく作品に歴史のあれこれを織り込んでいたではないか。日本の歴史に対する興味も、作者は持ち続けていたのである。

さらに終盤になると、サスペンスが大いに盛り上がる。今回の犯人は、非常に狡猾《こうかつ》だ。

十津川たちと犯人の頭脳戦に、もうひとりの人物も加わり、物語の着地点が分からない。最後の最後まで読者を翻弄《ほんろう》する、作者のプロフェッショナル魂に脱帽してしまうのだ。

締めくくりに、作者自身のことに触れておこう。今年（二〇二二年）の三月三日、西村京太郎は肝臓癌により死去した。享年、九十一。年齢的には大往生だが、数十年にわたり読み続けてきた作家だけに、喪失感は大きい。

さらに、ロシアとウクライナの戦争中に亡くなったことも、考えさせられるものがあった（この解説を書いている三月二十九日現在、まだ戦争は継続中）。先に挙げた『十五歳の戦争 陸軍幼年学校「最後の生徒」』を読むと、作者は自己の体験を踏まえながら、戦争と日本人の本質に迫っている。もちろんその根底にあるのは、人間の心と社会を蹂躙する、戦争に対する批判精神である。本の中で印象的だった部分を引用しよう。

〝「臆病者」「卑怯者」といわれるのを恐れて、戦争に賛成した。
勝算なしに戦争を始めた。
敗戦が続いたら、和平を考えるべきなのに僥倖《ぎようこう》を恃《たの》んで特攻や玉砕で、いたずらに若者を死なせてしまう。
終戦を迎えたあとは、敗戦の責任を、地方（現場）に押しつけた。

戦後は、現在まで戦争はなかったが、原発事故があった。
その時も、虚偽の報告を重ね、責任を取ろうとせず、ひたすら組織を守ることに、汲々《きゅうきゅう》としていた。〟

繰り返しになるが、初期作品から社会の問題にミステリーを通じて取り組み、社会的弱者に温かな目を向けてきた作者は、トラベル・ミステリーの第一人者になっても、その気持ちを忘れることはなかった。戦中から現代に至る、日本と日本人の問題を、ミステリーで剔抉《てっけつ》し続けたのである。個々の作品の面白さだけではなく、この点にも留意したい。そしてこんな時代だからこそ、作者が抱いてきた想いを、真摯《しんし》に受け止めたいのである。

※初出「小説宝石」二〇一八年五月号～十一月号

※この作品はフィクションであり、実在の個人・団体・事件・名称とはいっさい関係ありません。また時刻表についても、実際とは違う設定になっています。

※本文中に、アイヌに関する歴史的な事象を提示する場面で「土人」という呼称が使用されています。アイヌは、その固有の文化・習俗ゆえに偏見にさらされ、「保護」名目で、土地や文化を収奪されるなど、歴史的にもいわれなき差別を受け続けてきました。一九九七年（平成九年）に廃止されるまで、約百年にわたり「北海道旧土人保護法」という法律が残っていたのは、ご承知のとおりです。二〇一九年（平成三十一年）四月に「アイヌの人々の誇りが尊重される社会を実現するための施策の推進に関する法律（アイヌ新法）」が公布され、ようやくアイヌの先住民族性が法的にも認められましたが、いまなお多くの人々が差別に苦しんでいます。表現には一層の配慮が求められるところですが、編集部では、物語の根幹に関わる設定や登場人物のキャラクターを考慮した上で、これらの表現についてもそのまま使用しました。現在の社会が抱える人権侵害や差別問題を考える手がかりになり、ひいては作品の文学的価値を尊重することにつながると判断したものです。差別の助長を意図するものではないということを、ご理解ください。

（編集部）

二〇一九年一〇月　カッパ・ノベルス（光文社）刊

光文社文庫

長編推理小説
飯田線《いいだせん》・愛《あい》と殺人《さつじん》と
著 者 西《にし》村《むら》京《きよう》太《た》郎《ろう》

2022年5月20日 初版1刷発行

発行者 鈴 木 広 和
印 刷 堀 内 印 刷
製 本 ナショナル製本

発行所 株式会社 光 文 社
〒112-8011 東京都文京区音羽1-16-6
電話 (03)5395-8149 編 集 部
8116 書籍販売部
8125 業 務 部

ISBN978-4-334-79353-1 Printed in Japan

組版 萩原印刷